마음이 富者가 되는 리얼 父子 여행이야기

부자 여행기

지은이의 말 INTRO

13년간 근무한 정든 첫 직장에 과감히 사표를 던졌습니다. 주위에서는 걱정스러운 눈빛을 보내기도 하고 잘 다니던 직장을 그만둔다며 퇴사를 말리기도 했습니다. 하지만 하루가 다르게 쑥쑥 커가는 자녀들의 모습을 지켜보고 싶고, 가족과 함께 행복한 시간을 보내고 싶었습니다. 누군가는 제게 묻습니다. 안정적이었던 직장인의 삶으로 되돌아가고 싶지 않냐고요. 전 그 질문에 대해 한 치의 망설임도 없이 '아니요.'라고 답할 수 있습니다. 미래에 대한 불안감도 있지만 비교적 시간이 자유로운 사업을 시작한 덕분에 제가 바라던 아버지로서, 남편으로서, 그리고 나 자신으로서 역할을 더 충실히 해낼 수 있었기 때문입니다. 지금 이 순간에도 전 자녀들과 더욱 가까워지고 싶고, 제 아들이 부족함 많은 아빠보다 더 멋진 남자로 자랐으면 하는 바람입니다. 저와 같은 마음을 가진 이 세상 모든 아버지께 이 책이 조금이나마 도움이 되었으면 좋겠습니다.

이번 여행은 아들을 위해 계획한 일이기도 하지만 제가 꿈꾸던 버킷 리스트 중의 하나이기도 했습니다. 아들이 태어난 순간부터 언젠가는 단둘이 여행을 떠나리라 꿈꾸었습니다. 하지만 직장 생활을 하다 보니 여행은커녕, 함께할 수 있는 시간은 턱없이 부족했습니다.
그동안 함께 하지 못해 미안한 마음, 그리고 앞으로는 함께 많은 시간을 보내주겠다는 각오로 이번 여행을 계획하게 되었습니다. 회사원이었던 시절엔 감히 엄두도 내지 못했을 4주간의 '여행기'가 실현될 수 있도록 전폭적으로 지원해준 사랑하는 아내 '안나' 씨에게 감사드립니다. 아내가 제 일의 대부분을 대신해 준 덕분에 무려 4주나 되는 여행 기간에 편한 마음으로 여행을 할 수 있었습니다. 물론 생업을 미뤄놓고 아이와 여행을 떠난다는 것은 평범한 가장 입장에서는 결코 쉬운 일이 아닙니다. 제가 직장을 계속 다니고 있었다면 감히 실행

할 수 없는 일이지만 사업을 시작한 후 다행히 노트북만 있으면 어느 정도 업무 처리가 가능해 이번 여행을 떠날 수 있었습니다. 예전의 저 처럼 시간을 내기 어렵다고 하는 분들은 주말을 이용해 1박 2일 또는 2박 3일이라도 일단 떠나 보세요!

어디를 가야할지 모르겠다고요? 목적지가 없어도 괜찮습니다. 중요한 건 자녀와 함께 한다는 것입니다. 익숙한 곳을 떠나 낯선 곳에서 함께 시간을 보낸다는 것만으로도 경험이고, 추억이고, 행복이 될 수 있습니다. 지자체나 문화체육관광부 등의 홈페이지를 자주 살펴보면 가족들을 위한 여행 프로그램이 다양하게 준비되어 있습니다. 사진찍기, 진로 체험, 계절별 꽃놀이 등 여행 컨셉도 다양합니다. 매주 주말, 이런 프로그램으로만 여행을 다녀도 아이들은 충분히 부모의 사랑을 느끼고 주말만 기다리며 한 주를 알차게 보낼 수 있을 것입니다. '시간이 없다.', '마음의 여유가 없다.', '아이가 학원을 가야 한다.' 핑곗거리를 생각하기보다는 지금 바로 떠나보세요. 아빠에게도, 아들에게도 새로운 세상이 열릴 겁니다.

주변을 둘러보면 제 또래의 부모들은 아이에게 물질적으로 더 많이 해주지 못한다는 것에 대해 미안함을 느낍니다. 저 역시 마찬가지입니다. 제 자녀들이 아등바등 노력하지 않고 평생 먹고살 수 있을 만큼의 유산을 물려줄 수 있다면 좋겠지만 아쉽게도 전 그럴 능력이 없습니다. 설사 그만큼 많은 재산이 있다고 한들 아무런 노력과 대가 없이 물려주고 싶지는 않습니다. 좋은 일이 찾아왔을 때 나만이 그 기쁨을 온전히 누릴 수 있듯, 어려움이 닥쳤을 때도 나 스스로 문제를 해결해야 하기 때문입니다. 내 인생은 나 자신이 설계해야 하므로 부모는 자녀에게 많은 재산을 물려주기보다는 험한 세상에서 홀로 살아갈 방법을 알려주어야 합니다.

두 자녀를 키우고 있는 아빠로서 저는 제 자녀들이 많은 경험을 하길 바랍니다. 이를 통해 일상 속에서 지혜를 깨닫고, 세상의 수많은 일 가운데 본인이 진정 원하고, 잘할 수 있는 일을 찾길 바랍니다. '집-학교-학원'의 테두리 속에 갇히지 않고, 더 넓고 좋은 세상이 있다는 걸 알았으면 좋겠습니다. 그리고 새로운 세상 안으로 나아가는 데 있어 두려움을 느끼지 않는 강한 아이로 자라나기를 바랍니다. 그리고 아이와 오랜 시간을 함께 보내며 아버지의 사랑을 듬뿍 받은 덕에 자존감 높고 긍정적인, 밝은 사람으로 거듭나게 하고 싶습니다. 그렇게 자라서 성인이 되면 본인이 정말 하고 싶은 일, 그리고 해야 할 일, 중요한 일 등 어떤 일이든 스스로 찾아서 잘할 수 있겠죠? 10년 뒤, 20년 뒤를 상상했을 때 바르고 의젓한 청년이 된 아들의 모습을 떠올리면 절로 '아빠 미소'가 지어집니다.

아이들은 경험이 적고 대부분 처음 해보기 때문에 잘 모르거나 서툰 것들이 많을 수밖에 없습니다. 어른의 눈에서 보면 성에 안 차고, 느려 보이고, 답답하게 느껴지는 게 당연합니다. 이때 부모들이 흔히 하는 실수가 아이가 스스로 해낼 때까지 기다려주지 못한 채 답을 바로 제시하거나 직접적인 도움을 주는 것입니다. 그런 의미에서 아들과 제가 함께한 이번 부자 여행은 아이가 스스로 해낼 때까지 기다려주고, 또 스스로 정답을 찾도록 도와주는 '슬로우 여행'이 될 것입니다.

자! 지금 여행을 같이 떠나볼까요?

부자
여행기

목차 CONTENTS

"

아빠가
아들에게..

"

긍정의 힘! 생각하는 대로 이루어지는 거란다!

:안 될 거라는 열가지 핑계 대신, 될 수 있다는 가능성 하나를 먼저 생각해봐!

나 자신이 가장 소중한 사람이고, 난 사랑받기 위해 태어났음을 항상 잊지 말 것!

새로운 것을 두려워하지 말고 주눅 들지도 말자!

어떤 상황에서도 기죽지 말고 당당해지자!

걸을 때도, 소변을 볼 때도 허리 펴고! 어깨 펴고! 당당하게 행동해라!

땀 흘려 운동하자! 건강해야 뭐든 할 수 있거든!

인사, 칭찬, 웃음은 닳지 않는다는 걸 기억하렴.

작은 도움에도 감사하고 주변 사람들에게 친절하게 대해볼래?

항상 목표를 세워보자!

성취하면 조금 더 큰 목표를 세우고, 목표는 끊이지 않는 게 좋단다!

시간 약속을 잘 지키고, 시간을 효율적으로 쓰자!

좋은 일과 안 좋은 일이 함께 있을 때는, 좋은 일에 더 큰 의미를 부여하고 집중해볼까?

내 결정에 후회가 없도록 늘 방법을 고민하고, 결정했다면 신속히 실행하자!

귀 기울여 듣고, 한 번 더 생각하고 말하며, 내가 한 말에 책임지도록 노력해보자!

실수를 했다면 머리와 가슴에 새겨서 되풀이하지 말 것!

배움에 끝을 두지 말고 누구에게든 겸허하게 배워라!

성공한 사람을 많이 만나보고 배우며 닮도록 노력해봐!

스마트폰은 게임기가 아니란다. 게임보다는 정보 수집에 많이 활용해 볼까?

모르는 것은 죄가 아니지만, 모르는 것을 알려고 하지 않으면 그것은 죄가 될 수 있어!

노력에는 언제나 보상이 따른단다. 원하는 것을 알기 위해…그리고 얻기 위해 노력해보자!

내 이익을 위해 거짓말하거나 남을 속여서 이용하지 말자!

책을 늘 곁에 두자!

다른사람과 내 생각이 똑같을 순 없단다! 내 의견과 다르다고 실망하거나 강요하지 않도록 해!

많은 친구보다 내 마음을 알아주고 내 편이 되어 줄 진정한 친구를 사귀는게 좋단다!

: 긍정적이고 열정적인 친구를 곁에 두면 큰 도움이 된단다!

내가 하기 싫은 일은 남도 하기 싫은 거란다. 내가 꺼리는 일을 남에게 시키지 말자!

힘든 일은 혼자 감내하지 말고 주변 사람에게 꼭 도움을 청할래?

약자에게 너그럽고, 강자에게 강해져라!

나만 잘하려고 하기보다는 모두 함께 잘할 수 있도록 노력하고

그 무리 속에서 주도적으로 행동해볼래?

돈은 가치 있고 숭고하며 소중한 것이란다. 많이 벌고,

많이 모아서 계획하에 가치 있게 쓰도록 해봐!

행복보다 더 중요한 것은 없단다. 행복을 항상 내 곁에 두고 우선시 하도록 하자!

아들아! 하고 싶은 거 다 해봐! 그리고 하고 싶은 거 하면서 재미있고 행복하게 살아!~

네가 좋으면 나도 좋아!

부자 여행기

부자 여행기 :

부자 여행 계획하기

1

PART 1

부자 여행 계획하기

작년 이맘때쯤 한 가지 계획을 세웠다.

'아들이 아홉 살이 되면 생애 첫 전국 일주 여행을 하자! 그것도 단둘이서만!'

하지만 어디로, 어떤 여행을 할지는 하나도 정리되지 않았다.

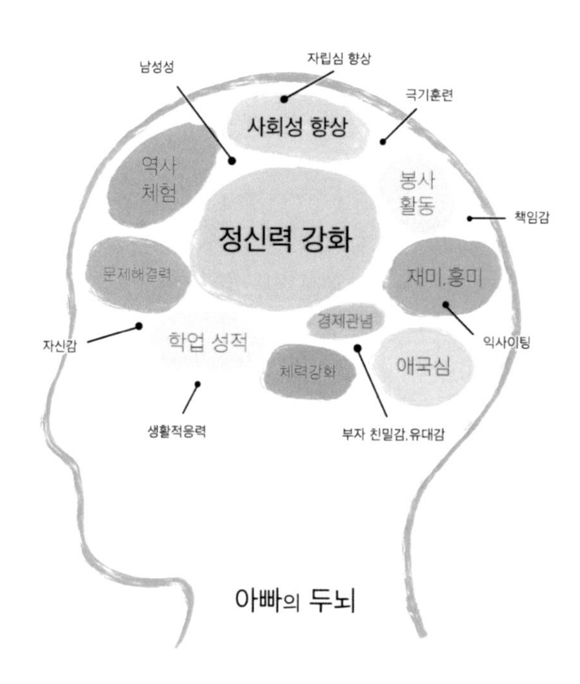

이 세상 아버지 마음이 다 그렇듯 나 역시 위 그림처럼 해주고 싶고, 알려주고 싶은 것이 너무나도 많았다. 여행이라 하기엔 4주간의 다소 긴 여정이지만 하고 싶은 모든 것을 다 하기엔 시간이 부족해 보였다. 하고자 하는 걸 모두 하기 위해서는 아들과 나는 슈퍼맨이 되어야만 가능할 것 같았다. 만약 그렇게 된다면 경험하는 건 많겠지만 아빠와의 첫 여행을 힘들고 괴롭고 짜증 나는 여행으로 기억할 터. 아빠로서 아들에게 좋은 기억을 많이 심어주고자 여행 계획을 세우기에 앞서 정말 많은 고민을 한 것 같다.

그러던 중 나 자신에게 한가지 질문을 던졌다.

'왜 이토록 다 하려고 애쓰는 걸까?'

대답은 간단했다. '재미, 그리고 행복한 삶!'

맞다. 그게 바로 정답이었다! 그래서 아들에게 '인생의 재미와 행복'을 알려주기로 했다.

특히 이번 여행은 '부자의 행복한 여행'을 컨셉으로 한 만큼 평소 내가 실천하고 있는 '긍정의 힘' 한 가지는 꼭 가르쳐 주기로 마음먹었다. 아내는 내 계획을 듣더니 "역사 여행을 떠나 보는 건 어때?"라며 넌지시 말을 던졌다. 맞는 말이다. 교육적인 체험을 병행하는 게 그저 여행지를 관광하고 맛있는 음식을 먹으며 시간을 보내는 것보다는 유익할 것 같았다. 아내의 제안으로 여행과 역사 체험을 함께 해보자고 생각한 나는 여행 중간 중간에 역사 문화재(유적지)를 들러 몰랐던 역사를 함께 공부하는 일정을 수립하였다.

부자간의 여행을 적극적으로 지지해 준 나의 아내는 더 미리 여행을 준비할 수 있도록 여행 1년전부터 아들에게 역사 그룹 수업에 참여하도록 했다. 한국사 전집 및 관련 책도 사서 읽혔는데 문득 나의 어린 시절, 경주로 수학여행 갔을 때가 떠올랐다. 나는 역사적 배경지식도 전혀 없었고, 알려고 하지도 않았기에 그저 아무 생각 없이, 흥미를 느끼지 못한 채 유적지를 다녔던 기억이 났다. 아들에게는 그러한 경험을 겪게 해주고 싶지 않아 그날로부터 약 1년간 꾸준히 역사 공부를 하고 역사에 대해 재미를 느낄 수 있게 옆에서 도와주었다. 태우는 처음에는 어려워했지만, 곧 호기심을 느끼기 시작했고 많은 배경지식도 쌓을 수 있었다. 내 작은 생각에서부터 출발한 아들과의 여행이 아내의 제안으로 역사 체험을 포함한 여행으로 발전하며 차근차근 계획을 세워나갔다.

부자
여행기

부자 여행기 :

여행의 시작

PART 2

여행의 시작

[약 2,500Km / 4주간 전국 일주 대장정]

나 혼자만의 여행이거나 동년배의 지인들과 함께하는 여행이면 준비할 것은 그리 많지 않다. 그저 본인이 사용할 물건만 챙기면 되지만 아들과의 여행은 다르다. 옷부터 세면도구, 독서를 좋아하는 아들을 위한 책까지! 챙겨야 할 게 정말 많았다. 아직 어린 아들을 데리고 4주 동안 여행을 해야 한다는 부담감과 중압감 또한 나를 짓눌렀다. 허나 오랜 시간 여행을 계획하고 준비했던 만큼 '단 하루 만에 집에 오더라도 일단 떠나자!'라는 생각으로 첫발을 내딛게 되었다.

경로: [출발-영월-울진-경주-울릉도-독도-통영-고성-군산-서천-부여-공주-세종-태안-강릉-복귀]

여행에 있어 가장 중요한 것 세 가지는 '먹고, 자고, 싸는 것!' 이게 전부다. 이 세 가지만 해결된다면 나머지는 큰 문제가 될 게 없다. 특히 수면을 충분히 취하지 못한다면 여행을 하는 데도 힘이 들 터. 어디서 잠을 자는지 또한 중요한 문제였다. 처음에는 텐트에서도 자고 차박(차에서 숙박)도 할 생각이었지만, 8월의 폭염은 절대로 호락호락하지 않을 것이다. '캠핑카를 대여할까?' 고민도 했다. 문제는 돈이었다. 극성수기 1개월 렌탈 요금이 거의 경차 한 대 값과 맞먹는 금액이었다. 어떻게 해야 하나 고민에 고민을 거듭한 끝에 '먹고, 자고, 싸는 것' 이 세 가지를 한 번에 해결해 줄 수 있는 것을 찾았다. 바로 카라반이었다. 은행 찬스 덕에 카라반을 10년 할부(월 195,000원)로 구입하게 되었는데, 덕분에 걱정을 한시름 놓게 되었다. 참고로 소형 카라반은 별도의 면허가 없어도 운전이 가능하다.

카라반과 함께하는 여행은 만족스러웠지만 그렇다고 우리 부자가 늘 카라반에서 생활한 건 아니었다. 때로는 게스트하우스에서 다른 사람과 함께 잠을 청하고, 어떤 날은 유스호스텔에서 지내기도 했다. 날씨가 맑은 날에는 경관이 좋은 곳에 멈춰서 시간을 보냈고, 아무 소리도 들리지 않는 고요한 자연 속에서 하룻밤을 보내기도 했다.

아들과 내가 여행 갔을 시기가 극성수기임을 고려하면 숙박비만 해도 상당한 금액을 절약할 수 있었다. 단, 카라반을 매달고 다니는 게 좀 어색하고, 불편했지만 나름대로 운치도 있었다. 최대 시속 80km로 느리게 달리다 보니 주변 풍경도 많이 보이고, 우리를 추월하는 차들을 구경하는 것도 큰 재미였다. 남자아이다 보니 차에 관심이 많은 태우는 자신이 알고 있는 차가 지나가면 신기해하고 멋있어했다. 하지만 일상을 떠나 즐기는 여행이라고 한들 마냥 좋을 수만은 없다. 여행에서도 지켜야 할 규칙은 있다. 우리 부자는 여행 첫날, 실천 가능한 몇 가지 룰을 정하고, 계획표를 만들어 실천했다.

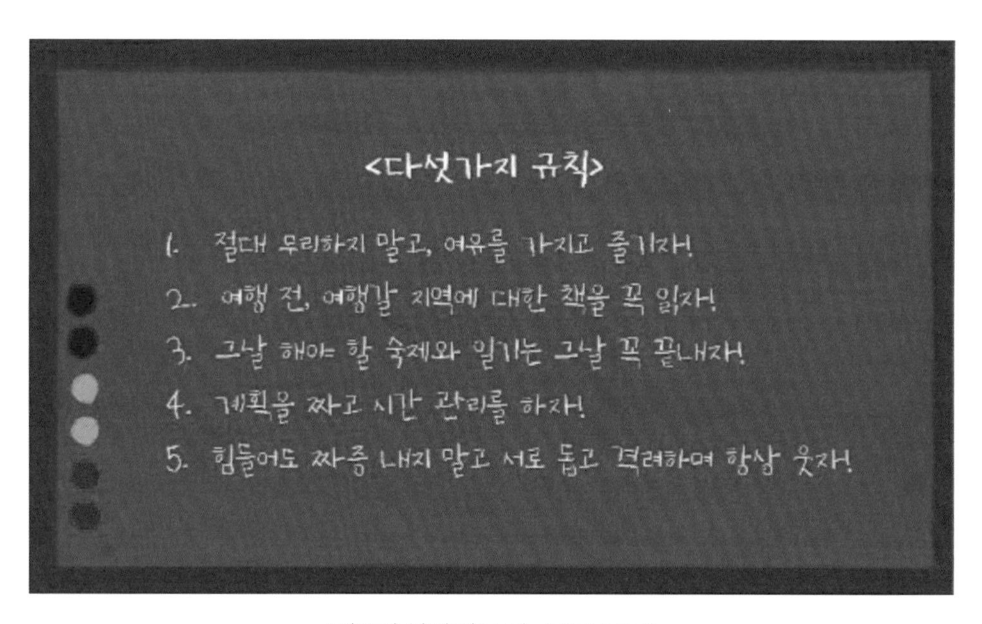

[태우와 함께 만든 다섯가지 규칙]

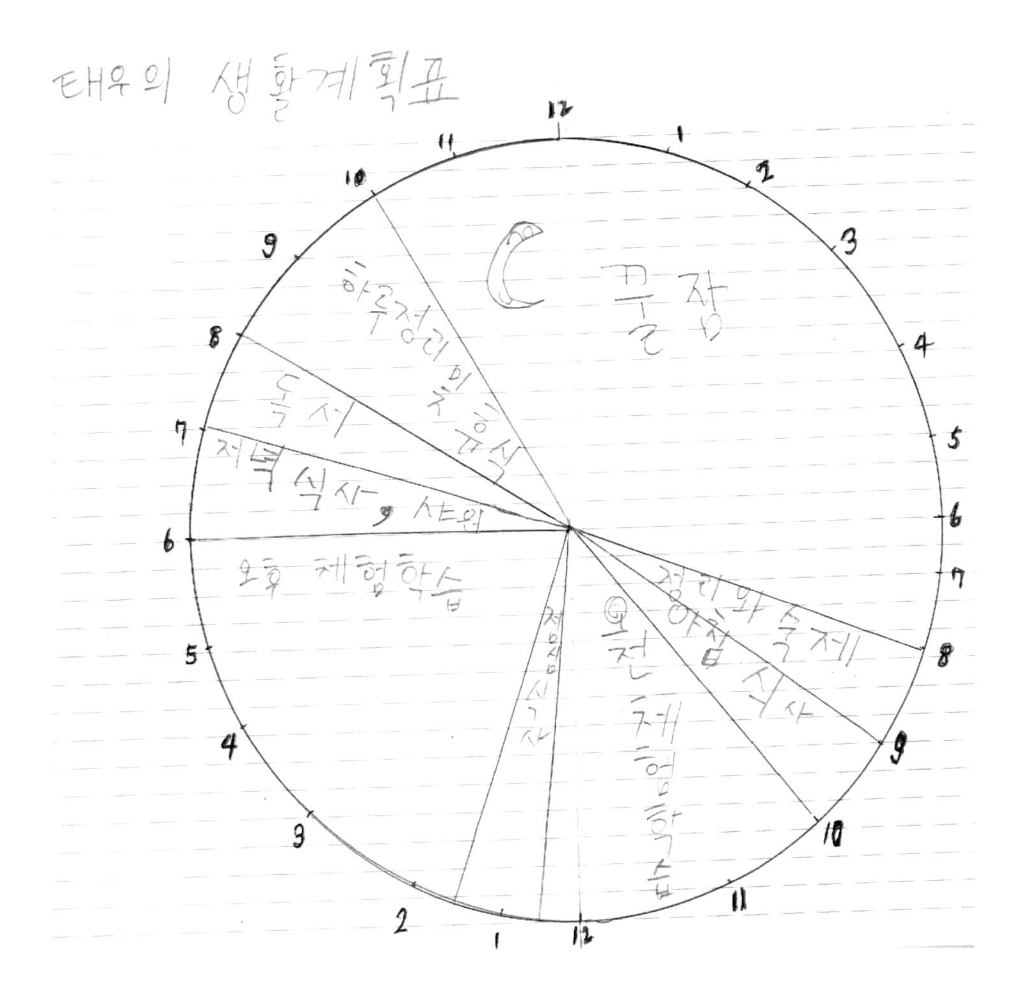

[태우가 직접 만든 여행 中 생활 계획표]

PART 3

부자 여행기 :

생각의 전환

PART 3

생각의 전환

태우는 배려심 많고, 밝은 아이지만 유독 걷는 것을 싫어하고, 10분 이상 차를 타는 것도 힘겨워했다. 평상시에도 차를 타면 10분에 한 번씩 "아빠 언제 도착해? 아직 멀었어?" 라고 묻거나, "힘들어! 멀미해! 머리 아파!" 이 말을 반복했다. 아마 차를 타는 게 싫어 습관적으로 입에 달고 사는 것 같기도 하다. 1시간 정도만 차를 타도 운전하는 사람까지 지치게 하는 아들 때문에 여행 전, 태우와 약속을 단단히 했다.

"태우야! 아빠가 목적지를 미리 알려주고 도착 예정 시간도 알려 줄게! 그리고 내비게이션에 수시로 도착 예정 시간이 나오니 아빠한테 묻지 말고 직접 한번 볼래? 우리는 카라반을 끌고 다녀야 하고 아빠도 대부분이 처음 가는 길이라 익숙하지 않아서 주변을 잘 살펴야 해! 그런데 자꾸 재촉하면 운전에 방해가 되고 위험하거든. 또한, 길을 잘못 들면 시간은 더 오래 걸리겠지? 태우가 재촉한다고 해서 빨리 도착할 수 있는 건 아니야! 대신 아빠랑 지루하지 않게 간단한 말놀이나 게임을 해보자!"

태우는 다행히 나의 말을 잘 따라주었고, 그리하여 우리 부자는 끝말잇기, 369게임, 초성 게임, 구구단 외우기, 다녀온 문화재&유적지 및 역사적 인물 관련 퀴즈, 지나가는 차량 브랜드별 순위 메기기(많은 차량 브랜드 1~5위) 등 지루할 틈이 없도록 차 안에서 계속 게임을 했다. 그래서인지 평소에는 10분만 차를 타도 징징대던 태우가 2~3시간을 달려도 보채기는커녕 너무 재밌다며 즐거워했다.

"태우야! 지금 3시간 차 타고 오면서 하나도 힘들어하지 않은 것 같아! 맞니?"

"응 아빠! 나 30분도 안 온 것 같아. 머리도 안 아프고 시간이 금방 지나갔어!"

"그래 태우야! 머리 아프고, 멀미 난다고 생각하면 진짜 아프고 시간도 더디게 가!
대신에 즐거운 생각만 하고 그렇게 행동하면 힘들지 않게 일찍 도착할 수 있단다."

"응. 아빠. 게임을 하면서 가니까 하나도 안 힘들고 재밌어!"

"우리 태우! 이제 조금씩 형님이 되어가는 것 같네! 차를 오래 타도 끄떡없고!"

아들은 즐거워했지만 단점도 있었다. 운전하면서 게임을 하다 보니 정작 아빠인 내가 힘이 부치기 시작한 것이다. 나는 옆자리에 앉은 태우에게 미션을 하나 줬다.

"지나가면서 내비게이션에서 다른 길로 빠지라고 알려주거나 길에 속도 제한 표시가 있으면 아빠한테 꼭 말해줘! 그래야 아빠도 안전 운전하고 길도 놓치지 않고 잘 찾아갈 수 있거든!"

사실 그전에는 아들이 마냥 애기(?)같아서 시키지 않았었는데 결과는 대성공이었다. 나는 운전에만 집중할 수 있어서 좋았고 아들은 내비게이션 안내 멘트 보다 훨씬 임무 수행에 충실했으며, 특히 아빠 운전하는 데 도움을 주었다며 스스로도 뿌듯해했다.

첫날 코스는 강원도 영월이었다. 특별히 의도한 것은 아니었지만 첫날부터 걷는 코스가 유독 많았다. 청령포, 고씨동굴, 한반도 지형 마을 등 강 건너고, 동굴을 지나, 산길까지 총 걷는 시간이 4~5시간 이상 되었다.

"아빠! 너무 덥고 다리 아파! 힘들어!"
태우가 살짝 짜증 섞인 목소리로 말했다. 첫날부터 너무 걸었으니 그럴 만도 했다.

"태우야! 앞으로 새로운 곳을 견학하고 여행을 하려면 많이 걷기도 하고, 날도 더우니 지금보다 힘들거야! 그런데 걷지 못하고 참지 못한다면 새로운 것을 볼 수 없고 경험할 수 없게 돼! 걷지 않는다면 갈 수 없고, 가지 못한다면 당연히 볼 수 없겠지? 우리가 여행할 곳은 차를 타고 못 가는 곳이 더 많고, 에어컨이 있는 곳 보다 자연 그대로의 실외가 훨씬 더 많거든! 태우야! 지금이라도 포기하고 집으로 돌아갈까?"

잠시 망설이던 태우의 대답은……"NO" 였다.
누구보다 이번 여행을 기대하고 기다렸기에 되돌아가고 싶지 않을 것이다.

"그럼 아빠랑 약속해! 걷는 것 힘들다고 짜증 내지 않기! 너무 힘들면 잠깐 쉬어가기! OK?"

"알겠어. 아빠! 노력해볼게!"

그날 이후, 태우는 덥다고는 했지만 힘들다고 짜증 내며 걷기 싫다고 말한 적은 단 한 번도 없었다.

"아빠, 너무 덥네! 우리 잠깐 쉬면서 아이스크림 먹고 가자!"

태우는 덥고 걷기 싫을 때마다 짜증을 내지 않는 대신 음료수와 아이스크림을 사달라고 하는 사소한 부작용도 살짝 있었다. ^^

"아들아! 네 습관이 개선된다면 그 정도는 아빠가 기꺼이 수용하마!"

[35도의 폭염에도 활짝 웃고 여행을 즐기기 시작한 태우]

태우는 그렇게 힘든 것에 대한 극복 방안을 스스로 찾아 나가기 시작했다.

"아들아! 얻는 게 있으면 잃는 것도 있는 거란다! 멋진 유적지와 풍경을 보기 위해서는 때론 힘들게 산도 오르고 강도 건너야 하는 거야!"

"아빠! 그럼 우린 둘 다 얻은 거 아냐? 멋진 유적지 보는 것을 얻었고, 다리의 아픔도 얻었잖아! ^^"

산에 오르며 농담할 여유까지 생긴 아들 녀석이 대견하기만 했다.

우리 부자는 여행을 하며 소소하지만 긍정의 힘을 느끼기 위해 노력했고, 우리만의 구호를 하나 만들었다. 바로 "우리는 럭키 보이즈!"

구호

① "우리는" 아무나 선창 →
② 오른쪽 주먹을 쥐고 크로스하며 다음 사람이 "럭키"라고 외침 →
③ "보이즈" 라고 함께 합창

살짝 민망하기도 한 이 구호는 아홉 살 아들에게 긍정의 효과를 상기시켜 주고 파이팅 넘치게 여행을 할 수 있도록 해주었다.

8월의 경주는 지옥의 코스라고 해도 과언이 아닐 만큼 힘들었다. 아들에게는 말 못 할 비밀이지만 나 역시 힘들고 때로는 집으로 돌아가고픈 마음이 굴뚝같았다. 그때 한 줄기 빛처럼 우리 앞에 짜잔~! 하고 나타난 것이 있다. 바로 비단벌레차다.
비단벌레차는 말 그대로 비단벌레를 형상화한 차로 경주의 유명 관광지라 할 수 있는 계림과 향교, 교촌마을, 월정교 등 경주 시내 관광지를 운행한다. 태우와 나는 비단벌레차를 보고 사막에서 오아시스를 만난 것처럼 너무 반가웠고 한편으로는 감사해서 비단

벌레차에 기름이라도 넣어주고 싶었다. 아쉽게도 우리가 탄 비단벌레차는 전기차였지만... ^^;;;

"태우야! 긍정적으로 생각하고 할 수 있다고 생각하면 진짜 할 수 있고, 못한다고 생각하면 진짜 못하게 되는 거야! 더운 날씨에 어떻게 그 먼 곳까지 걸어가지?"라고 생각하면 막막하고 정말 힘든데, '저긴 뭐가 있을까?'라고 생각하고 가다 보니 운 좋게 비단벌레차도 만나서 편하게 타게 되었잖아."

"그러게. 우린 정말 럭키 보이즈인가 봐. 아빠 말대로 즐겁게 생각하니까 좋은 일만 생기는 거 같아."

[한여름 허허벌판에 나타난 구세주 비단벌레 차, 아들아! 힘들면 잠시 쉬어가자~]

"우리 아들 다 컸네~ 그런 의미에서 오늘 저녁은 고기 먹을까?"

"아싸! 고기! 좋아 아빠!"

밝고 구김 없는 아들이 너무도 사랑스럽고 좋다. 태우야! 오늘은 많이 걷고 힘들었으니 갈비 한번 제대로 뜯어보자!

PART 4

부자 여행기 :

여행에서 느낀 일상의 소중함

4

PART 4

여행에서 느낀 일상의 소중함

오늘 저녁에는 아들이 좋아하는 고기와 사이다, 그리고 내가 좋아하는 맥주까지 시켰다. 셀프 보상이라고 해야 할까? 혼자 따라 마시면 재미없으니… 이참에 태우에게 '주도'를 알려 주기로 했다. 아직 초등학생이라 조금은 이르다고 할 수도 있지만 미리 알아 두는 것도 나쁠 것은 없을 것 같았다.

"아들! 어른께 술을 따라 드릴 때는 두 손을 공손히 모아서 술병을 감싸 쥔 다음 술잔에서 1cm정도 살짝 띄워서 천천히 따르는 거야! 보통은 70~80% 정도 술잔이 차도록 따르고 만약 따르는 중간에 상대방 어른이 술잔을 살짝 위로 올려서 술병을 톡 치게 되면 그만 따르라는 무언의 제스처이니 그럼 즉시 멈추고 술병을 한쪽에 내려놓으면 돼! 알겠지?"

"응. 알겠어. 아빠"

"그럼 이제 아빠한테 한 번 따라 봐! 그렇지! 아주 잘하네!"

태우 덕분에 이번 여행에서는 혼자 자작(?)하는 외로움에서 벗어나게 되었다. 특히 더운 여름날, 빈속에 마신 맥주 한잔은 입안을 타고 식도를 거쳐 위까지 다이렉트로 쭉~ 내려갔다. 올해 먹어 본 맥주 중 단연코 최고였다. 아들이 따라준 술이라 더욱 그랬는지도 모른다. 맥주의 청량감은 하루 보상을 해주기에 충분했으나 타지에서 아들을 보호해야 하니 맥주 1병 이상은 절대 마시지 않으리라 마음먹었고 실제로도 그 이상 마시지 않았다.

우리의 첫 숙소는 동해가 한눈에 펼쳐진 전망 좋은 해변가였다. 무더위가 기승을 부리는 8월 한여름이라 손바닥 크기에 불과한 USB 선풍기로는 열대야를 쫓기가 힘들었다. 하지만 우리 부자는 바다 전망에 위안을 받으며 이틀간 해변가 노지에서 즐겁게 캠핑을 마쳤다.

다음날 숙소는 경주 불국사 인근 유스호스텔로 갔다. 초등학교 시절, 수학여행 때의 기억이 되살아나는 듯했다. 30여 년이라는 긴 세월이 흘렀지만 여전히 예전 그대로의 모습과 같았다. 마치 시간이 멈춘 듯 그 시절과 거의 변함이 없었다. 과거로 시간 여행을 온 듯한 느낌을 받아 행복했는데 나와는 달리 아들의 표정은 그리 밝아 보이지 않았다. 실내조명도 침침하고, 침대도 없고, 이불도 십수 년 된 것처럼 낡았으며, 화장실에는 물때는 물론이고 군데군데 곰팡이까지 보였기 때문이다. 항상 깔끔한 곳만 다녀본 태우에게는 좋아 보일 리 없었다.

"아빠! 여긴 우리 집보다도 훨씬 안 좋아! 차라리 카라반에서 자는 편이 좋겠어! 왜 이런 곳을 돈 주고 빌린 거야? 호텔이나 리조트같이 좋은 데로 빌리지!"

태우의 말이 이해되면서도 마음속으로는 혼자 이렇게 생각했다.

'이놈의 시키! 고생을 안 해봐서 배가 불렀네! 매운맛 좀 봐야겠어!'

하지만 난 마음속의 생각을 결코 입 밖으로 내뱉지 않았다.

"태우야! 어제 해변가에서 카라반에서 잘 때 에어컨을 틀 수 없으니 엄청 더웠지? 그런데 적어도 오늘은 시원하게 잘 수 있을 거야! 그리고 여긴 세탁기도 있어서 빨래도 쉽게 할 수 있어."

"근데 너무 더럽고, 벌레 나올 것 같아."

"물론 안 좋은 점도 있지만 좋은 점도 많아! 안 좋은 점과 좋은 점이 함께 있을 땐 좋은 점을 먼저 생각해 봐! 기분이 한결 나아질 거야! 그리고 안 좋았던 생각도 좋은 점에 가려져서 점점 안 보이게 될걸? 그것보다 더 중요한 건 호텔보다 훨씬 저렴하니깐 그 비용을 아껴서 태우 좋아하는 고기도 많이 먹을 수 있지 않을까?"

태우는 잠시 생각하더니 이내 고개를 끄덕였다.

"음… 듣고 보니 아빠 말이 맞네! 아빠 그럼 내일도 고기 먹자!"

그리하여 유스호스텔에서의 5박 6일 일정은 무탈하게(?) 지낼 수 있게 되었다. 태우가 그동안 지낸 환경과는 너무나도 다른 좋지 않은 숙소지만 나도 그렇고 태우 역시 나름 만족하며 지낸 것 같다. 아들과 길고도 긴 첫 여행이니만큼 무리를 해서라도 좋은 숙소를 구할 수 있었다. 하지만 언제나 좋은 곳에서만 생활할 수는 없고 쓸 수 있는 돈이 한정되어 있다면 선택과 집중을 해야 한다는 경제의 원리를 알려 주고 싶었다.

"태우야! 우리 집이 비록 평범한 아파트지만 그보다 안락하고 편안한 곳은 세상 그 어디에도 없단다!"

[유스호스텔 외부, 내부 모습]

여행을 출발하기 전 어머니의 생신이라 본가인 충북 제천에 잠깐 들렀다. 태우는 할머니와 큰 아빠로부터 용돈을 각 5만 원씩 받았다. 초등학생인 태우에게 10만 원이라는 거금이 생겼다. 평소 같으면 내가 받아서 챙겼을 텐데 이번에는 달랐다.

"태우야, 할머니와 큰아빠가 주신 돈 여행하는 동안 네가 갖고 있으면서 써도 돼,"

"진짜? 아빠 안 줘도 돼?"

"응. 대신 꼭 필요한 곳에, 계획해서 쓰는 거야. 알겠지?"

나는 태우가 그 돈을 어디에, 얼마나 쓸지 정말 궁금했다. 그도 그럴 것이 태우는 그렇게 큰돈을 가져본 적이 없었다. 자녀를 키우는 부모라면 알겠지만 아이들은 돈이 생기면 장난감이든 먹을거리든 단시간에 소비하는 경향이 있다. 돈을 아낄 필요성을 느끼지 못했다. 그 때문인지 태우가 그 돈을 쓸데없는 곳에 소비하진 않을까 걱정이 되었다. 하지만 태우가 처음으로 계획해서 쓰는 돈이니 어떻게 쓰든지 막지 않기로 했다. 또한, 태우가 산 것에 대해 좋다 나쁘다 훈수도 두지 않기로 마음먹었다. 사실 태우가 일주일 안에 먹을 것으로 다 탕진(?)하는 게 아닐까 살짝 걱정이 되었는데 내 예상은 보기 좋게 빗나갔다. 마지막 여행 일정이 끝나고 나서도 태우에겐 10만원 중 절반 이상이 남아 있었기 때문이다.

"태우야! 너 돈 있잖아! 먹고 싶은 거 있으면 사 먹어!"

"아냐 괜찮아! 아빠 운전할 때 졸리니깐 내가 커피 한 잔 사줄게!"

마냥 어린아이인 줄 알았는데 피곤한 아빠를 위해 커피를 사준다고 하니 기특하다는 생각이 들었다. 정해진 돈 안에서 쓰려고 노력하고 꼭 필요한 것이 아니면 자연스럽게 아끼는 모습을 보며 안심이 되기도 했다. 여행이 끝나고 집에 돌아가서도 아끼는 법을 배우고 돈을 모으는 습관을 익힐 수 있도록 용돈을 직접 관리할 수 있게 해봐야겠다. 용돈 기입장과 태우 본인 명의 통장을 활용하면 좋겠지? 스스로 돈을 관리하게 될 태우를 생각하니 벌써 흐뭇한 마음이 든다.

날짜	내용	수입	지출	잔액
7월 31일	용돈	100,000		
8월 2일	튜브구입		17,000	83,000
8월 4일	커피, 음료		9,000	74,000
8월 7일	경주빵		5,000	69,000
8월 19일	가족선물		12,000	57,000

[태우가 여행 4주간 사용한 용돈 내역]

부자 여행기

부자 여행기 :

삶의 재미 (성취감 느끼기)

PART 5

삶의 재미

여행을 시작할 때 아빠로서 아들에게 '무엇을 알려주고, 경험하게 할까?'라는 고민을 정말 많이 했다. 하지만 이내 쓸데없는 걱정이라는 걸 알았다. 내일 내가 당장 죽거나 멀리 떠나는 것도 아니고, 이번 여행이 마지막 여행도 아니기 때문이다. 그저 시간이 흐르는 대로 천천히 순리대로 하겠다고 다짐했다. 많은 것을 한 번에 알려주려고 하기보다는 생활 속에서 그때그때 하나씩 알려주고 경험토록 해야겠다고 생각했다. 일례로 매일 아침, 태우에게 침구류를 정리하고 매일 해야 하는 과제(4종 세트: 연산, 사고력, 2학기 예습, 학습지)를 하기로 했다. 그동안 나는 카라반을 챙기고, 아침을 준비했다. 우리 부자는 여행 기간 내내 하루도 빠짐없이 이 규칙을 지키고 실행하려고 노력했다. 태우가 푼 문제를 채점하고, 모르는 것까지 가르치며 학습 진도를 매일 체크하는 것이 여간 귀찮은 게 아니었다. 하지만 두 남자의 한 달 여행을 흔쾌히 허락해 준 아내와의 약속을 지키고 싶었고 꼭 지켜야만 했다.^^ 물론 태우는 여행지에 와서 문제집을 푸는 것에 대해 불만이 살짝 있었다.

"아빠 놀러와서 꼭 문제집까지 풀어야 해? 그냥 여행에 집중하면 안 돼?" 라며 물었다.

마음 같아서는 "그래! 실컷 놀고! 즐기고! 문제집은 집에 가서 풀자!"

라고 말하고 싶었지만, 그럴 수 없었다.

"태우야! 이번 여행은 놀러 가는 것과는 좀 달라! 아빠는 여행이란 또 다른 세상을 만나는 거라고 생각해! 집에서 여행지로 장소가 바뀌어도 태우가 해야 할 일은 해야 하는 거야!"

태우는 이해하지 못하겠다는 표정으로 나를 쳐다보았다.

"여행은 놀러 가는 게 아니라 새로운 곳에서 경험하고, 배우고, 느끼고, 또 다른 세상을 공부하는 거야! 여행을 오지 않았어도 집에서 매일 풀어야 할 분량의 문제집은 풀었겠지? 장소가 바뀌었다고 내가 할 일을 안 하면 안 돼! 어차피 해야 할 일이니 아침에 빨리하고 나머지 일정은 태우 말대로 여행에 집중해 보도록 하자!"

태우는 마지못해 내 의견을 받아들였다. 나는 매일 잠들기 전, 태우에게 다음날 일정을 미리 알려주었다. 그리고 다음 날 숙소에서 출발해야 할 시간도 미리 알려 주었는데 이는 태우에게 아침에 해야 할 일들을 모두 마치고 시간 관리하는 연습을 시키기 위함이었다.

*순서: 기상 - 정리정돈 - 문제집 풀이 - 아침 - 세수 - 환복 및 외출준비

끝내야 할 시간을 역순으로 계산하여 준비할 수 있도록 연습시켰는데 첫날은 꼼지락거리다가 계획했던 시간보다 약 2시간이나 늦게 출발했다. 하지만 태우는 이내 적응을 잘 해나갔다. 3~4일 차가 되니 거의 계획한 시간에 맞춰 여행을 시작할 수 있었다.

특히 여행 일정이 조금 빡빡한 날에는 함께 빨리 서둘러야 하는 만큼 태우도 그 시간에 맞추려고 아침에 조금 더 부지런을 떨었다. 심지어 어떨 때는 내가 자고 있더라도 혼자 조용히 문제집을 꺼내 풀었으며 가능한 정해진 시간에 외출 준비를 마치고 나갈 수 있도록 노력했다. 점점 자기 주도학습이 자리 잡는 것 같아서 기특하기만 했다.

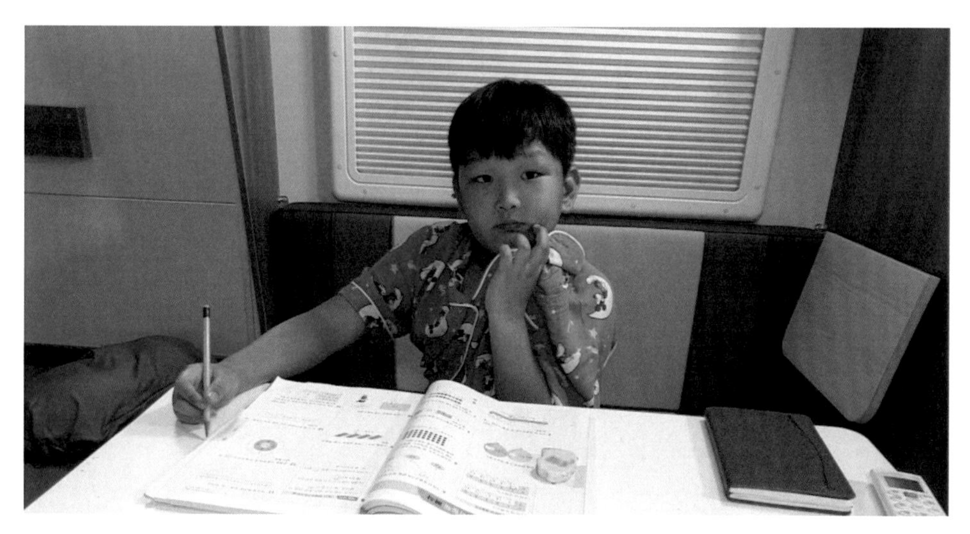

[아침에 눈뜨자마자 문제집을 풀고 있는 태우]

언젠가 하루는 태우의 운동화 끈이 풀렸다. 평소 같으면 덥기도 하고 시간도 없으니… 내가 바로 묶어줬을 것이다. 하지만 이번에는 태우에게 스스로 해보도록 했는데 평소처럼 "태우야, 네가 한번 묶어 볼래?"라고 말하지 않았다. 대신 이렇게 말했다.

"아빠는 태우가 이번 여행을 통해 새롭게 스스로 할 수 있는 게 조금 더 많아졌으면 좋겠어! 안 해봐서 그렇지. 연습하면 못 할 것은 하나도 없거든!"

"그래도... 난 못하는 게 아직 많은데..."

태우는 내가 뭘 시키려 한다는 것을 눈치챈 듯 자신감 없는 목소리로 말했다.

“아니야. 태우는 뭐든 다 할 수 있어! 한번 해볼래?” 라고 말하며 신발 끈 묶는 법을 설명해주었다. 할 수 있다는 말에 태우의 눈빛에 살짝 힘이 들어가는 것을 느낄 수 있었다.

“자 한번 봐 봐! 왼손으로 신발 끈 한쪽을 잡고 동그랗게 고리를 만들어……(중략)
이렇게 묶는 거야! 자 한번 해볼까?”

난 처음부터 태우가 성공할 것이라곤 생각하지 않았고 실제로도 내 예상이 맞았다. 태우의 신발 끈이 풀릴 때마다 스스로 묶게끔 했고, 힘들어하는 부분만 내가 조금씩 도움을 주었다. 신발 끈을 직접 묶으라고 말한 지 정확히 5번째가 되었을 때 태우는 내 도움 없이 스스로 신발 끈을 묶게 되었다. 별것 아니지만 아이에게는 늘 부모가 해주던 일을 스스로 할 수 있다는 성취감을 준 것 같아 기분이 좋았다. 물론 태우 본인은 너무나도 기뻐했다.
하루는 걷다가 내 신발 끈이 풀렸다.

“아빠, 잠깐만 있어 봐! 내가 묶어 줄게!”

아들은 무더위가 기승을 부리는 8월, 땡볕 아래에 쭈그리고 앉아서 내 신발 끈을 한참 동안 말없이 묶었다. 이마에서는 땀이 비 오듯 흘렀다. 삐뚤빼뚤 곧 풀릴 것 같은 매듭 처리였지만 아들이 묶어주는 신발 끈에 코끝까지 멍해지며 울컥 했다.

'이 자식! 신발 끈 하나로 아빠한테 감동을 주네!'

[아들이 생애 최초로 묶어준 신발 끈, 대견스럽고 고맙구나!]

여행은 아이도 힘들지 않아야 하지만 부모도 힘들어선 안 된다. 그래서 이번 여행에서 나는 컨디션 관리에 유독 심혈을 기울였다. 특히 분주하게 움직여야 하는 아침, 식사 준비에 크게 에너지를 쏟지 않았는데 간단히 먹을 수 있는 시리얼, 빵, 주먹밥 등으로 해결하고 대신 점심에 태우가 좋아하는 음식이나 유명하다는 맛집을 찾아서 든든히 먹는 쪽으로 택했다. 비가 너무 많이 오거나, 컨디션이 좋지 않을 때는 반나절 일정만 소화하고 사우나에 가서 2~3시간씩 쉬기도 했다. 체력이 따라주는 날에는 이틀 치 일정을 하루에 소화하기도 했다. 아이와 함께하는 여행인데 행여 감기라도 걸려서 아프기라도 하면 남은 일정 모두 망칠 수도 있기 때문이다.

나는 출발 전, 약국에서 구급함은 물론이고 상비약까지 여유 있게 준비했다. 이처럼 신경

쓸 것도 많고 챙길 것도 많아 분주하긴 했으나 아들과의 첫 여행이라 그런지 나에게는 설렘이 앞섰다. 태우가 어른이 돼서 해보지 않은 일에 도전할 때 지금의 나처럼 설렘을 느꼈으면 좋겠다고 생각했다.

"태우야! 세상에는 재미있는 일이 정말 많아! 너는 앞으로 무수히 많은 새로운 것을 경험하게 될 거야! 그때마다 즐겁게 받아들이고 즐기면 돼! 처음이라고 절대 두려워하거나 겁낼 필요 없어!"

여행하기 전에도 일상에서 아들에게 이 말을 워낙 자주 해준 덕분인지 태우는 무슨 일을 하든 간에 결코 두려워하는 법이 없다. 새로운 것을 배울 때도, 낯선 곳에 갈 때도 마찬가지였다. 평소 내가 늘 결과보단 경험을 강조했기 때문이다.

"처음부터 잘하는 사람은 없어! 어떤 일이라도 내가 도전하고 연습해서 익숙해지고 잘할 수 있게 되면 그것은 오직 태우 것이 되는 거야! 그 경험과 결과는 누가 가져가거나 절대로 빼앗아 갈 수 없는 거야! 알겠지?"

"응 아빠"

대답도 잘하는 우리 아들. 내 아들이지만 너 참 마음에 든다!

PART 6

부자 여행기 :

여행에서 찾아온 위기 I

(주어진 상황에서 최선의 선택하기)

PART 6

여행에서 찾아온 위기 I

(주어진 상황에서 최선의 선택하기)

5박 6일간의 일정을 마무리하고, 경주에서의 마지막 날. 그날은 비가 와서 일정을 일찍 끝내고 사우나에서 한가로이 시간을 보내고 있었다. 그때 생각지도 못한 문자 한 통이 도착했다.

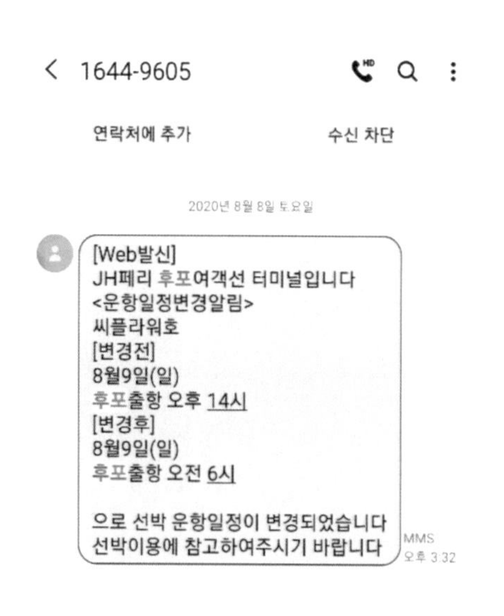

[태풍으로 인한 울릉도행 출항 시간 변경 문자! 비가 와도 우리 부자는 간다! Let's Go!]

문자를 보자마자 여유는 사라져버리고 멘붕에 빠져 버렸다.

다음날, 여유롭게 2시 배를 타고 가려던 나와 태우의 계획은 물거품이 되어버렸고 새벽 5시까지 후포항에 도착해 발권을 해야만 했다. 카라반을 끌고 가면 3시간 정도 걸리는데… 폭우가 쏟아지는 날 밤 초행길에 카라반을 끌고 가기에는 너무나도 위험했다.

2020년 8월 대한민국의 날씨는 마치 하늘에 구멍이 뚫린 것 같았다. 한 달 넘게 비가 계속 쏟아졌고, 강력한 태풍을 동반하여 곳곳에 도로 침수, 산사태, 그리고 사망자가 속출하며 정말 위험한 상태였다. 특히 그날 밤 폭우는 한 치 앞도 볼 수 없었고 극도의 공포감으로 뼛속 깊이 파고들었다.

[하천 범람, 도로 침수, 산사태 등으로 도로 상황을 장담할 수 없었다.]

그렇다고 울릉도와 독도를 포기할 수는 없었다. 여행의 첫 번째 위기가 찾아온 것이다. 이 위기를 해결할 수 있는 몇 가지 방법을 떠올린 끝에 태우와 나는 신중하게 우리에게 제일 유리한 방법을 선택하기로 했다.

① 카라반을 끌고 지금 출발하여 후포항 주차장에서 숙박 → 불가 (폭우로 위험)

② 카라반을 끌고 새벽에 출발 → 가능 (단, 2시간 자고 기상하여 새벽 1시에 출발해야 함.)

③ 카라반을 두고 승용차만 새벽에 출발 → 가능 (단, 3시간 자고 새벽 2시에 출발해야 함.)

④ 카라반을 두고 승용차만 지금 출발 → 가능 (단 후포항 숙박비 추가 발생)

태우와 의논하여 내린 결론은… 4번!

카라반을 황룡사역사문화관 주차장(공간이 넓고 쾌적함)으로 옮겨서 세워 두고 승용차만 출발하기로 했다. 물론 도착하여 숙박비 12만원 이 추가로 발생했지만, 우리의 안전과 단 몇 시간이더라도 편히 잠을 수 있는 방법을 택했다. 저녁은 편의점에서 김밥, 빵 등을 사서 차 안에서 이동하며 대충 끼니를 때웠다. 단 1분도 시간을 지체할 수 없었기 때문이다. 후포에 도착하니 밤 11시… 숙박비로 거금을 지출했지만 3~4시간이라도 편히 잘 수 있어 다행이라고 생각했다.

다음날, 잠이 부족하긴 했지만, 우리 부자는 나름 상쾌한 기분으로 무사히 배를 탈 수 있었다.

[울릉도 사동항에 무사히 도착하여 독도를 갈 생각에 마냥 즐거운 태우]

새벽에도 비가 많이 내려서 우산, 배낭, 보조 가방, 책가방까지 피난민처럼 들고, 메고, 끌고 갔다. 심지어 전동킥보드도 있었다. 킥보드는 다른 짐이 많아 두고 갈까도 생각했지만, 울릉도에서 시원한 바람을 맞으며 해변을 달리고 싶은 마음에 무리해서 끌고 갔다. 실제로 킥보드를 가져간 것은 챙겨 간 물건 중 단연 최고의 선택이었다. 우리는 렌터카도 빌리지 않았기 때문에 버스만으로는 여행이 힘들기도 했고, 그 보완책으로 전동킥보드는

이동 수단과 울릉도 여행의 감성을 채워주기에 충분했다. 울릉도의 맑은 하늘 아래서 푸른 바다를 끼고 달리는 해변 드라이브는 그 어느 바다보다 가장 빛났고 아름다웠다.

"태우야! 살다 보면 선택을 해야 할 순간이 많이 오게 될 거야! 그때마다 내가 고민해서 최선의 선택을 하고 그 결정에 후회하지 않고 그에 따른 책임도 나 자신이 지면 되는 거야!" 그래도 우리는 정말 잘 선택한 것 같지? 우리는 럭키 보이즈니까!"

[푸른하늘, 푸른바다, 그리고…푸른 감성을 가진 부자]

[울릉도는 제주도와는 다르게 또 다른 원초적이고 신비한 매력이 있다]

울릉도에서는 4인실 게스트하우스에서 머무르기로 했다. 다행스럽게도 이번 숙소는 지난번 유스호스텔보다 훨씬 깔끔했으며, 시설도 괜찮았다. 단지 다른 사람과 함께 자는 것이 처음인 아들이 조금은 긴장한 듯 보였다.

"아빠! 모르는 사람과 같이 자는 거야? 불편할 것 같은데"

"태우야! 괜찮을 거야! 다들 여행하는 사람들이고 여행 정보도 듣고 친해질 수도 있을 거야! 좋은 점도 많으니 한번 지내보자!"

나 역시 말을 이렇게 했어도 태우가 잘 적응할 수 있을까 걱정이 많았는데 다행히 그 숙소에서 태우만 어린아이였던지라 모두가 태우에게 친절했다. 과자를 주는 사람도 있었고 작은 기념품을 선물 받기도 했다. 태우는 기분이 정말 좋아 보였다.

"아빠! 여기 참 좋은 것 같아! 선물도 받고 새로운 사람도 만나고!"

"아들아! 세상에는 나쁜 사람도 있지만, 따뜻한 사람이 훨씬 더 많단다!"

But, 우리 방에는 태우뿐만 아니라 나를 포함해 모두를 긴장시킨 한 사람이 있었다.
한국어를 전혀 못 하는 American이었다. 나는 정말 쉬운 단어만 조합하여 3형식 이하 문장으로만 대화를 했다. 태우가 영어에 서툰 아빠를 보며 실망하면 어쩌지 걱정했는데 되려 아들은 나를 존경하는 눈빛으로 봤다.

"아빠! 외국인이랑 대화도 잘하네! 우리 아빠 영어 되게 잘한다."

이건 비밀이지만 십수 년 전, 대학 졸업 후 취업 준비할 때 처음이자 마지막으로 본 토익 점수가 반타작 살짝 넘는 저질 영어 실력인데…아직 아들의 귀가 덜 열려서 저렇게 생각해주니 다행이라고 생각했다. 더불어 여행 후 집으로 돌아가면 자랑스러운 아빠가 되기 위해 영어 회화 공부 좀 해야겠다고 다짐했다^^
한국 부모들은 외국인이 있으면 자식들에게 굳이 할 말도 없는데 가서 외국인과 말해보라고 시키곤 한다. 문제는 나 역시 똑같은 한국 부모라는 것이다.

"태우야! 너도 가서 영어 좀 해봐!"

태우는 여행 중 처음으로 내 말을 무시했다. 그런데 웬걸? 마지막 날에는 시키지도 않았는데 "헬로우~ 왓츠 유어 네임? 굿바이" 라고 말하는 것이 아닌가! 태우가 내 말을 못들은 채 했지만, 사실은 말을 걸려고 노력했다는 사실에 뿌듯했다. 영어 조기 교육에 열을 올리는 부모를 이해하지 못했는데 이래서 원어민 교사를 찾고 어학연수도 보내나 보다. ^^

내가 대학에 다니던 시절만 해도 게스트하우스라는 개념이 없었다. 게스트하우스는 태우에게도, 나에게도 처음이자 신선한 경험이었다. 나이도 다르고 사는 곳도 다르지만 모두 '여행'이라는 공통 관심사가 있으니 서로 돕고 알려주는 것이 너무나도 자연스럽고 서로 금방 친해질 수 있었다. 특히 이날은 태우를 일찍 재우고 잠시 새로운 사람들과 알코올&힐링 타임을 가졌는데 4주 동안의 여행에서 잊지 못할 추억 중 하나가 되었다.

[나이,성별,직업 모두 다르지만 친철하고, 사람 냄새 물씬 났던 게하 사람들! 행복하세요~]

PART 7

부자 여행기 :

민족의 자긍심

(그리고... 내 뿌리 알기)

PART 1

민족의 자긍심

(그리고... 내 뿌리 알기)

'독도는 우리땅'

[독도의 위엄하고 영롱한 자태! 누가 대한민국 땅이 아니라고 할텐가!]

40년이 넘도록 살면서 단 한 번도 못 가본 땅! 바로 독도이다. 이번 여행을 계획하며 반드시 가리라 다짐했던 곳이니만큼 오늘은 태우와 함께 독도에 방문하려 한다. 독도에 가기 위해서는 후포에서 울릉도까지 배를 타고 4시간, 또다시 울릉도에서 독도까지 배를 타고 왕복 4시간! 총 8시간이나 걸리는 일정이다. 태우 같은 어린이가 소화하기에는 쉽지 않은 게 사실. 그래도 태우가 너무 기대했던 곳이라 만반의 준비를 했건만 하필 태풍, 풍랑주의보 때문에 독도행 배편이 취소되었다. 하지만 무슨 일이 있어도 독도는 무조건 가봐야 했다. 절대 포기할 수 없었다. 독도 방문 전, 독도 관련 책도 읽고, 독도 박물관에도 다녀왔으며, 독도 커플 티셔츠도 맞춰 입고, 태극기도 준비하고, '독도는 우리 땅' 피켓도 직접 태우와 함께 만들었는데 독도에 못 간다니 이건 있을 수 없는 일이었다.
독도에 가고픈 우리 부자의 마음을 하늘도 알아주셨는지 다행히 다음 날 아침 태풍주의보가 해제되었고 독도행 배를 탈 수 있었다. 태풍이 지나간 터라 하늘은 맑고 청량했다. 하지만 독도의 파도는 쉽게 정복할 수 있는 존재가 아니었다. 멀미약 중 가장 성능이 좋다는 것을 챙겨 먹었지만 울렁이는 파도에 오장육부가 함께 뒤틀리는 듯했다. 그러나 고생도 잠시, 독도에 다다르니 눈앞에 장관이 펼쳐졌다. 독도는 내가 본 그 어떤 섬보다 아름다웠다. 사람들은 사진을 찍느라 분주했고, 그 순간 안내방송이 흘러나왔다. 방송에서는 독도 경비대에 위문품을 전달하고 싶은 사람은 매점을 이용해 달라는 멘트가 흘러나왔다. 태우는 잠깐 고민하더니 곧 나에게 이렇게 말했다.

"아빠 나 용돈으로 우리나라 지켜주느라 고생하는 독도 경비 대원들한테 라면 한박스 사주고 싶어!"

"아들! 라면 한 상자에 4만 원인데? 괜찮겠어? 그거 큰돈이야! 너는 어린이니까 안 해도 괜찮아! 그 돈이면 너 먹고 싶은 거 먹고, 사고 싶은 장난감도 살 수 있는데? 다시 한번 신중히 생각해 봐!"

"아냐 괜찮아! 그래도 고마워서 사주고 싶어!"

'태우야! 넌 내가 생각한 것보다 훨씬 마음이 따뜻하구나! 사실 아빠는 말하기 좀 부끄럽지만 너 나이 때도 돈이 더 좋았고, 지금도 그렇단다.'

다행인지 불행인지 우리가 탄 배는 입도를 못 하게 되어 위문품 전달도 할 수 없게 되었고, 아쉽지만 나중을 기약해야 했다. 3대가 덕을 쌓아야 독도를 볼 수 있고, 입도할 수 있다던 말이 실감이 났다. 선장님은 독도 선착장에 배를 정박하려고 시도를 했지만 파도 때문에 실패하였다. 그래서 독도 주변을 한 바퀴 돌고 다시 2시간 배를 타고 독도를 뒤로한 채 되돌아와야만 했다.
아쉬움이 남았지만 그래도 좋았던 건 날씨가 정말 맑았고 독도가 생각했던 것보다 크고 위풍당당한 아우라를 풍겼다는 것이다. 독도를 실제로 보니 없던 애국심도 절로 생기는 것 같았다. 태우 역시 대한민국 국민의 한 사람으로서 민족적 자긍심을 느끼기에 충분했을 것이다. 우리 부자는 숙소에 도착해서 숙소 벽지를 배경으로 즉석 증명사진도 찍었고 '독도 명예주민증' 도 신청했다.

"우리 태우! 이제 독도 주민이네! 초등학교 2학년 학생 중에 독도 명예 주민은 대한민국에 몇 명 안될 거야! 아마 예봉초등학교에는 태우 혼자뿐일 수도 있을걸?"

환하게 웃는 태우 얼굴에는 성취감, 자신감, 뿌듯함, 애국심, 행복감 등 많은 긍정적인 감정들이 뒤섞여 있는 것 같았다.
"태우야! 다음에 한 번 더 와서, 꼭 독도 땅 밟아보고, 위문품도 전달해주자!"

'민족의 영웅 이순신'

내가 가장 존경하는 위인은 바로 이순신 장군이다. 어린 시절, 누구나 그렇겠지만 이순신 장군의 모습에 반해 한때 군인이 되기를 마음먹고 장교로 임관하여 나라를 지키려고도 했다. 나는 이상과 현실을 빨리 파악한 덕에 전역을 하긴 했지만… ^^
장교로서의 군 복무는 내 인생의 큰 변곡점이 되었고 내적, 외적 자아의 강도를 더욱 단단하게 하는 계기가 되었다. 내가 가장 존경하는 위인이라고 특별히 아들에게 강요하지는 않았지만, 대한민국 사나이라면 이순신 장군을 좋아할 수밖에 없을 것이다. 그리하여 통영, 한산도 앞바다를 필수 여행 코스로 넣었다. 요즘은 지자체마다 관광지에 시설이 너무 잘 되어있어서 영상물이나 3D, VR 체험 등 즐길 거리도 풍부하다. 짧은 역사적 지식을 가진 내가 특별히 교육하거나 설명하지 않아도 쉽게 아이가 받아들일 수 있었다.

"아들! 이순신 장군 멋지지? 이순신 장군 처럼 멋진 리더가 될 수 있는 방법이 있는데… 나중에 커서 아빠처럼 ROTC 장교로 군대 가볼래?"

내 질문에 0.1초의 고민도 없이 대답이 돌아왔다.

"아니, 나 군대 가기 싫어! 안 갈래"

잠깐 당황한 나는 5초 뒤에 답을 해줬다.

"어 그래! 그때 가서 생각해 보도록 하자!"

'시대가 바뀌어서 안 가게 될 수도 있겠지만, 다녀오는 것도 생각보다 나쁘지 않단다!'

오늘은 천만 관객을 달성한 영화 <명량> 을 보여주기로 마음먹었다. '15세 이상 관람가' 이지만 함께 꼭 보고 싶었다. 카라반에서 아들과 둘이 오붓하게 심야 영화를 보는 것은 상상보다 훨씬 분위기 있고 기분 좋은 일이었다. 아들은 실감 나는 전투 장면에 눈을 떼지 못했다. 영화가 끝난 후 태우는 초롱초롱한 눈빛으로 말했다.

"아빠! 이 영화 너무 재미있다. 그런데 영화 속 저 많은 사람들은 진짜로 다 죽은 거야? 피도 많이 흘리던데…불쌍해"

"태우야! 저거 진짜 피 아니야! 빨간색 물감이나 돼지 피 같은 거야!"

아무래도 아홉 살 인생에 15세 관람가는 충격이 좀 컸나 보다.
'태우야 미안^^;;;'

영화 <명량> 을 보고 유적지를 돌아보니 역사에 대한 태우의 관심도가 높아져 학습 효과가 배가 되었다. 학익진, 판옥선, 13척 대승 등등 내가 알려주지 않아도 스스로 너무 재미있게 알게 되었고 어느새 아들도 나처럼 이순신 장군의 팬이 되었다.

"아들아! 그런데 이순신 장군 혼자서 싸워서 이긴 건 아니야! 나라를 위해 목숨 걸고 싸운 수많은 이름 모를 군인들이 있었고, 의병들과 어민 등 모든 백성이 함께 도와서 나라를 지킬 수 있었던 거야! 이순신 장군뿐만 아니라 그 사람들 모두에게 감사해야 해! 그리고 주인공만 바라보는 시각에서 조금은 넓게 주변을 살펴보는 시각도 필요하단다.
그리고 태우도 늘 주인공일 필요는 없어! 조연이든 엑스트라든 네가 행복하면 되는 거야! 알겠지?"

[통영 케이블카 : 명량해전 승전지인 한산도 앞바다]

'김해김씨 시조 김수로왕, 12대손 김유신 장군'

"태우야! 김해에 있는 김해김씨 문중에 우리 태우도 등록되어 있단다. 태우가 태어났을 때 할아버지께서 김해까지 직접 가셔서 족보에 올려놓으셨어. 비록 가야의 힘이 쇠퇴하여 역사 속으로 사라지기는 했지만, 가야의 왕족들은 신라로 넘어와서 중추적 역할을 담당하게 되었단다. 특히 김유신 장군은 왕에 버금가는 권력과 지위를 누렸단다. 누이동생이 무열왕의 왕비이기도 했고, 김유신 장군 묘의 웅장함과 화려함은 그 지위와 권력을 보여주는 단면이야, 이름 모를 왕릉이 대부분인데 그에 비하면 정말 대단한 것이지! 무열왕과 함께 삼국통일의 위업을 달성한 분이시지! 삼국통일이 있었기에 지금 대한민국이 있는 것일 수도 있어! 김해김씨 중시조가 김유신 장군인 것을 자랑스럽게 생각하고 태우는 김해김씨 78대손이라는 사실도 잊지 말았으면 좋겠어."

[김해김씨 중시조 김유신장군묘, 김해 김씨 문중에서 받은 뺏지]

왕릉 근처 기념품 상점에서 작은 장난감 칼을 하나 사줬더니 '김유신 검'이라며 어찌나 좋아하는지 보는 나도 절로 웃음이 지어졌다.

"계백아 덤벼라! 내가 김유신 장군 대 손자 김태우 님이시다!"

'태우야 네가 좋으면 나도 좋다! 우리 이 기억 그대로 사진관에서 기념사진이나 한 장 찍을까? 나중에 너도 커서 자식을 낳으면 행복한 시간을 사진에 꼭 담아봐! 지금을 기억하고 잊지 못할 추억이 될 거야!'

우리는 황리단길의 셀프 사진관에 들어가서 흑백 사진을 신나게 찍어 댔다.

"아들! 우리 부자 사진의 컨셉은 '찐 행복이야! 사진기랑 한번 신나게 놀아보자고!"

부자 여행기

부자 여행기 :

여행에 찾아온 위기 II

(장애물 극복하기)

PART 8

여행에서 찾아온 위기 II

(장애물 극복하기)

통영 여행 중 인근에 대학 시절 친하게 지냈던 후배 부부가 있어 오랜만에 만나게 되었다. 후배 부부도 태우와 비슷한 또래의 자녀가 있는데 다행히 태우와 금방 친해져서 나도 오랜만에 편하게 먹고 마실 수 있었다. 보름간 쉼 없는 일정을 이어왔기 때문일까? 분위기도 좋고, 오랜만에 옛 친구도 만나서 기분도 좋고, 그 탓에 밤이 늦도록 살짝 과음을 했다. 다음 날 아침 숙취가 좀 있었지만 컨디션은 그리 나쁘지 않았다. 나는 태우와 통영을 떠나기 전 아쉬움에 마지막으로 물놀이를 하려고 수영장에 뛰어들었고 그 순간 작은 사고가 발생했다. 왼쪽 정강이를 수영장 타일 모서리에 찍힌 것이다. 그 순간 "아! 일회용 상처 밴드로 끝날 상황이 아닌 것 같구나!"라는 생각이 들었고 불길한 예감은 틀리지 않았다. 여행 중 겪은 두 번째 위기 상황이었다. 무릎 아래에서 붉은 피가 정강이를 따라 쉼 없이 흐르고, 금방 수영장 물이 핏빛으로 번져 나갔다. 찢긴 정강이는 하얗게 벌어져 있었다. 얼핏보기에 흰 뼈가 보이는 것 같았다. 수건으로 대충 지혈을 하고 근처 병원 응급실로 향했다. 다친 발로 운전을 해야 했기에 지혈이 제대로 될 리 없었다. 응급실에 도착하니 예상대로 바로 마취 후 수십 바늘 꿰매야 했다. 아픈 것도 아픈 거지만 다음 일정에 차질이 생길까 봐 걱정되었다. 물놀이도 하고 낚시도 하고 등산도 해야 하는데 다리를 다치다니… 여행 일정에 차질이 생길 것이 분명했다. 설상가상으로 다리는 붓고 약 기운이 떨어지니 욱신거리고 많이 아팠다.

'수영장 계단으로 내려가고 올라갈 걸…. 왜 그랬을까?'

후회가 막심했지만 이미 때는 늦었다. 물놀이를 좋아하는 태우의 얼굴에는 아빠 상처에 대한 걱정과 물놀이를 못 한다는 아쉬움 때문에 얼굴이 어두워졌다.

[태우야! 엄마 보고싶니? 나도 네 엄마랑 태린이 보고싶다!]

나 역시 운전을 하기도 쉽지 않고, 많이 걷기도 불편한 상황이었다. 이대로 집에 돌아가도 전혀 이상할 게 없었다. 지난번 첫 번째 위기보다 더 큰 위기가 닥친 것이다. 매일 병원에 가서 소독해야 하고, 항생제 주사까지 맞아야 했다. 더군다나 더운 날씨에 씻기도 매우 불편한 상황이었다. 집에 가고 싶었다. 매우 많이… 미치도록 가고 싶었다. '그냥 여기서 마무리하고 돌아갈까?' 라는 유혹이 마음속에서 요동쳤다. 몇 주간 보지 못한 아내와 딸이 너무나도 그리웠고, 따뜻하고 포근한 내 침대가 그리웠다. 하지만 첫 부자 여행을 마무리 못 한 채 도망치듯 복귀하고 싶지는 않았다.

내가 이대로 포기한다면 내 아들 태우 역시 장애물을 만났을 때 극복하지 못하고 도망칠 수 있겠다는 생각이 들었다. 벌써부터 태우에게 '포기' 라는 단어를 알려주고 싶지는 않았다.

'그래! 한번 끝까지 해보자!'

나는 생각을 고쳐먹었다. 그리고는 일정 수정에 들어갔다. 다리를 다친 이상 애초에 계획했던 대로 여행을 이어나가는 건 불가능했다. 대신 내가 물에 못 들어가도 아내와 딸, 태린이가 와준다면 태우와 함께 물놀이를 할 수 있으니 마지막 일정은 가족과 함께 하기로 변경했다.

기존에 계획했던 일정을 잠시 살펴보면…

서천(국립생태원)은 그대로 진행
공주부여(백제 역사여행)도 그대로 진행
태안 물놀이는 우리 둘만이 아닌 가족과 함께 하는 것으로 변경,
강화도 마니산 등산은 차량으로 갈 수 있는 곳! 가족과 함께 쉴 수 있는 강릉으로 변경

이렇게 일정을 변경해 여행을 이어가기로 했다.

서천에서의 갯벌 체험은 많이 힘들었다. 하지만 갯벌 체험을 진심으로 하고 싶어하는 태우의 간절한 눈빛을 외면할 수 없었다. 나는 다친 다리 쪽으로 진흙이 튈까 봐 더 조심해야 했고 자꾸만 빠지는 다리를 붙들고 조개를 캐야 했다. 상처가 살짝 덧나서 고생은 했지만 두 번째 위기도 나름(?) 잘 극복한 것 같다. 그리고 다행히 이번 숙소는 서천에서 갯벌을 앞에 두고 솔밭에 자리 잡은 캠핑장으로써 위생이나 시설에 있어서도 상태가 매우 좋았다. 난 내가 겪은 다리 부상을 통해 태우가 장애물을 만났을 때 포기하지 않고 극복해야 한다는 것을 아빠의 모습을 보며 느꼈을 거라고 확신한다.

[솔밭과 갯벌을 품은 오토 캠핑장]

Epilogue

에필로그

여행을 마치고 집으로 복귀하는 길에 세종경찰서에 근무하는 옛 고향 친구를 잠깐 만나게 되었다. 딸 둘을 둔 친구는 아들과 함께 여행하는 나를 살짝 부러워하는 눈치였다. 학창시절에 함께 장난치고 놀던 친구였지만 10여 년 만에 만난 친구는 어느새 불혹이 넘은 중년이 되어있었다. 가장이 된 서로의 모습에 우리는 살짝 어색함을 느끼기도 했지만 멋진 아빠, 경찰이 된 친구가 자랑스러웠다.

"태우야! 아빠 친구는 꿈이 경찰이었어! 그래서 공부도 많이 하고, 운동도 열심히 하고,
자격증도 여러 개 취득한 덕분에 멋진 경찰관이 된 거야! 어때 멋지지?"
키 185cm의 훤칠한 키에 딱 봐도 경찰관다운 모습은 태우가 보기에도 멋있었던 것 같다.

"아빠! 나도 곤충학자 되고 싶어서 잠자리, 사마귀 같은 거 많이 잡는 거야! 그래서 하는 말인데...... 사마귀랑 개구리 잡은 거 집에 가서 키워도 돼?"
태우의 기습 질문에 나는 긍정도 부정도 하지 않았다.
"그래 아들아! 네 꿈은 소중한 거야! 꼭 이루도록 해! 태우는 할 수 있을 거야!"
(이건 혼잣말이다. 나중에 커서 독립한 후에 키웠으면...^^;;)

단둘이 여행은 오늘까지로 하고 내일부터는 가족과 함께 완전체로 여행을 마무리하려 한다.

밤 10시가 조금 넘은 시각 도착한 우리 집은 너무나도 포근했다. 얼마나 그리던 우리 집이었던가! 평상시 느끼지 못했던 내 집, 내 침대의 소중함을 이번 여행을 통해 태우도 많이 느꼈을 것이다. 그리고 그리웠던 모자 상봉까지!

"사소한 것에 감사하고 항상 기뻐하자!"
이제 남은 완전체 여행의 컨셉은 '힐링&휴양'이다. 그냥 마음 가는 데로 가서 먹고 싶은 거 먹고, 자고 싶은 만큼 자련다. 태우야! 너도 맘껏 놀아라! 그리하여 우리는 강릉(대관령, 사천해변), 태안 구례포 해수욕장을 거쳐 한 달간의 여행을 마무리했다.

태우는 혼자서 할 수 있는 게 전보다 조금 더 늘었고, 생각하는 힘이 조금 더 좋아졌다. 한층 더 성숙해진 것 같다.

[태안 구례포해수욕장 일몰]

아들에게 쓰는 편지

아들아!

2020년 여름은 아빠한테는 잊지 못할 추억이 될 것 같아!

아빠처럼 너도 기억에 많이 남았으면 좋겠네! 우리 아들과 함께해서

너무 행복하고 즐거웠던 여행이었어!

우리는 럭키 보이즈! 긍정의 힘! 항상 웃고 긍정적으로 생각하고

행동하는 것 잊지 말고!

아픈 곳 없이, 불평 한마디 없이 잘 따라준 태우야! 너무 고맙고,

아빠는 네가 늘 자랑스럽단다. 이번 여행이 큰 변곡점이 될 수는

없겠지만 나중에 곱씹으며 2020년 여름을 추억하며 행복한 미소를

지을 수 있으면 좋겠어. 나중에 너는 크고 아빠는 늙었을 때 가끔은

아빠랑 같이 놀아줘야 해! 그리고 기회가 된다면 초등 5학년쯤

지금보다 형님이 되고 고추에 털도 나고 진짜 남자가 되어 갈 때쯤

다시 한번 부자 여행기 2탄에 도전해보자꾸나!

사랑한다 내 아들! 김태우!

-사랑하는 아빠가

"

그리고 사랑하는 딸! 태린아!

2022년 여름에는 우리 둘이 가는 거야! ^^

"

그리고 여행 이후에도

우리 가족은 늘 가훈을 실천하며

오늘도 행복한 일상을 보내고 있다.

[조기 은퇴 후 새롭게 만든 우리집 가훈 "오늘도, 행복"]

여행 이후 태우랑 함께 더 하고 싶어진 일

역사(한국사)공부를 계속해서 한능검 자격증 함께 따기

태우에게 매월 용돈을 주고 스스로 관리하게 하기

이번 여행 이후에도 매번 '여행 일기' 쓰기

독도 여행 한 번 더 가서 독도 땅 밟아보기

함께 운동하고, 악기도 함께 배우며, 함께하는 시간 많이 갖기

매년 단둘이 부자 여행 다니기 (1박 2일 만이라도)

Episode#1

에피소드 #1

여행 후 얼마 안 됐을 무렵이었다. 하루는 태우가 학교에서 올 시간이 지나도 집에 오지 않아서 같은 반 (남)친구에게 물어보니…

"태우가 친구 A랑 편을 먹고 둘이서 다른 친구 B랑 싸워서 교무실에 불려갔어요!"
난 깜짝 놀랐다. 태우가 키와 덩치는 큰 편이지만 순딩순딩해서 평소 친구와 싸우고 문제를 발생시키지 않았고, 더군다나 패싸움(?) 다구리(?) 이런 것과는 거리가 먼 아이였기 때문이다. 진상을 확인해 봐야했다. 마침 그곳에 함께 있던 같은 반 (여)친구에게 물어보니 아까 (남)친구와는 달리 상황을 정확하고 자세히 얘기해 줬다.

"A는 작고 힘이 약한 친구고, B는 덩치가 크고 힘이 센 친구예요. 그런데 지나가다가 서로 살짝 부딪혔고… B는 A를 세게 밀치고 뭐라고 하면서 화를 많이 냈어요! 그때 태우가 나타나서 같은 반 친구한테 왜 그러냐며 하지 말라고 했고, 그런 와중에 태우와 B가 소리를 지르면서 싸우게 됐어요! 그래서 거기 주변에 구경해 던 애들까지 모두 교무실로 불려 갔었던 거에요!"

'역시 여자아이가 상황 판단과 의사소통이 정확하구나! 남자아이는 보이는 대로만, 그리고 주관대로만 말하는구나!' 라는 생각이 들었다.
선생님께서 별도로 연락을 안 주신 것을 보니, 치고받고 싸운 것은 아닌 것 같았다.
저녁때 당사자인 태우에게 물어보았다.

"아들! 너한테 시비를 건 게 아닌데 굳이 왜 끼어든 거야?"

"다 친구잖아! 서로 사이좋게 지내야지!"

"아들! 말로만 싸웠니? 치고받고 몸으로 싸웠니?"

"아빠! 몸으로 싸웠으면 그 녀석은 벌써 나한테 죽었지!^^"

'이 자식! 아빠 닮아서 허풍은! ^^ 왜 이렇게 멋있는 거야! 내 아들! 아빠였음 너처럼 못 했을 거야! 자랑스럽다. 내 아들!'

다음날 B라는 친구는 조심스럽게 태우에게 사과했으며, 태우는 쿨하게 받아 주고 서로 잘 지내는 것 같다. 여행 이후 한층 더 성숙해진 모습을 보이는 태우! 얼마나 멋지게 자라날지 앞으로가 정말 기대된다.

그 사건 이후 태우반에서 태우를 좋아하는 친구가 조금 더 많아진 것 같다.

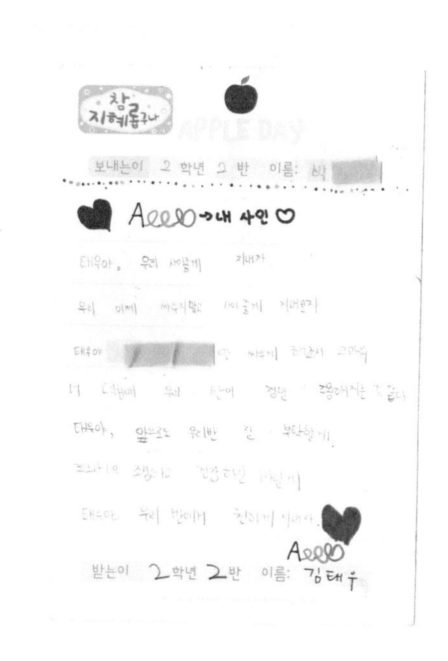

보내는이 : 2학년 2반 박OO

태우야, 우리 사이좋게 지내자!
우리 이제 싸우지 말고 사이좋게 지내보자
태우야 OO애들 안 싸우게 해줘서 고마워.
너 덕분에 우리 반이 정말 조용해지는 것 같아!
태우야, 앞으로도 우리반 잘 부탁할게
코로나19 조심하고 건강하길 바랄게
태우야 우리반에서 친하게 지내자

받는이 : 2학년 2반 김태우

[그 사건 다음날 태우가 같은 반 (여)친구에게 받은 편지]

Episode#2

에피소드 #2

태우 : "엄마, 얼마 전에 우리 반에 한 명 전학 왔어."

엄마 : "걔 공부 잘해?"

태우 : "그런 거 왜 물어?"

엄마 : "엄마니깐^^"

태우 : "아빠, 얼마 전에 우리 반에 한 명 전학왔어."

아빠 : "남자야? 여자야?"

태우 : "여자"

아빠 : "걔 이쁘냐?"

태우 : "그런 거 왜 물어?"

아빠 : "남자니깐^^"

"아들아! 여자와 남자는 뇌 구조가 다르단다! 너도 좀 더 커봐! 아빠를 이해하게 될 거야!"

Episode#3

에피소드 #3

한 달간 24시간 내내 태우와 단둘이 붙어 있으려니… 어찌 좋은 날만 있으랴?

하루는 태우에게 화가 머리끝까지 치밀어 굉장히 분노한 적이 있었다.

부모의 감정을 솔직히 보여주고, 아빠가 왜 화가 났는지도 알려주는 것도 아이 교육상 좋을 것 같았다. 그래야 아이도 상대방이 왜 화가 났으며, 어떻게 해야 서로의 관계가 좋아질 수 있을지 고민할 테니까! 부모라고 해서 무조건 참고, 늘 좋은 얘기만 해줄 수는 없다!

35도를 웃도는 어느 더운 여름날이었다. 너무 더워 우리는 하루 일정을 좀 일찍 끝내고 카라반으로 돌아와 잠시 휴식을 즐기고 있었다. 태우는 메뚜기를 잡겠다며 폴짝 폴짝 뛰어다녔고, 이내 한 마리를 잡는데 성공했다. 늘 그랬듯이 그때까지 우리 부자는 분위기가 좋았다.

"우리 태우! 메뚜기 잡았구나? 있어 봐! 아빠가 채집통에 넣어줄게!"

"아빠! 잘 넣어야 해! 힘들게 잡았으니 절대 놓치면 안 돼!"

"걱정 마 아들아! 아빠가 시골 출신이라 예전에 엄청 많이 잡아봤단다!"

그렇게 안심시키고 채집통에 넣으려고 하는 순간 메뚜기는 날개를 펴고, 온 힘을 다해 점프를 뛰었고, 그 결과 메뚜기의 탈출이 성공해 버렸다.

"아~~~빠! 뭐야! 잘 넣을 수 있다며? 어쩔 거야! 메뚜기 놓쳤잖아! 내 메뚜기!

"태우야! 미안! 아빠가 옛날엔 잘 잡았는데 요즘 메뚜기들은 점프력이 굉장하구나!"

"내가 얼마나 힘들게 잡은 건데! 난 몰라! 아빠가 책임져! 책임지라고! "

그 때 1차 분노가 살짝 왔지만, 내가 잘못했으니 일단 꾹 참았다.

"알겠어! 아빠가 진짜 미안해! 아빠가 메뚜기 다시 잡아볼게! 너무 화내지 마!"

그리고 나는 다친 다리를 이끌고 땡볕에서 약 한 시간 동안 메뚜기를 잡으러 이리저리 뛰어다녔다. 몸과 마음은 지칠 대로 지치고, 땀은 말할 것도 없이 많이 흘렸으며, 작열하는 태양에 온몸이 새빨갛게 다 익어버렸다. 그럼에도 불구하고 메뚜기는 잡지 못했고 여치만 한 마리 잡을 수 있었다.

"태우야! 아빠가 메뚜기를 잡으려고 노력했는데 메뚜기가 없네! 대신 여치 한 마리 잡아 왔어! 아까 그 메뚜기보다 좀 더 큰 놈이야!"

"몰라! 이건 메뚜기 아니잖아! 아빠가 책임져! 여치는 싫어!

여기서 2차 분노가 치밀었다. 2차 분노도 마음속에 '참을 인'을 새기며 간신히 화를 참았다.

하지만 태우의 짜증은 계속되었다.

"여치 싫어! 싫다고! 아빠는 제대로 잡지도 못하면서 왜 놓쳤어! 여치 갖다 버려!"

여기서 3차 분노가 폭발해 버렸다.

한 달간 오로지 아들 육아를 100% 전담하며 힘들어도 참았던 누적된 화가 한꺼번에 치밀어 오르며 폭발한 것이다.

"이놈의 시키! 아빠가 미안하다고 했잖아! 내가 일부러 놓쳤어? 그래도 다친 다리로 땡볕에서 한 시간 넘게 노력하고 너를 위해서 이렇게 고생했으면 아빠 마음도 좀 알아줘야 하는 거 아냐? 어떻게 너 생각만 해? 너 왜 이렇게 이기적이야? 너 메뚜기가 그렇게 좋으면 메뚜기랑 살아! 여행도 아빠랑 하지 말고 메뚜기랑 해!"

아들에게 누적된 화를 폭풍우처럼 쏟아냈다. 아들은 아무 말이 없었으며 입은 3배는 더 튀어나온 것 같았다. 한동안 우리는 서로에게 아무 말이 없었다. 태우는 책을 한 권 꺼내더니 읽기 시작했다. 태우도 책을 읽으며 화를 식히는 것 같았다. 나 역시 심호흡을 하며 명상을 했고 이내 분노 조절에 실패한 것이 매우 후회되었고, 아들에게 더욱 미안했다. 특히 마지막 '메뚜기랑 살아!'라는 멘트는 내가 들어도 정말 치졸하고 창피했다ㅜㅜ. 반면 태우는 독서를 하며 어느새 스스로 분노를 조절하고 있었다. 나보다 더 어른스러웠다.

많은 부모가 육아 스트레스로 아이들에게 화를 내고 이내 곧 아이들이 마음에 상처가 생기진 않을까 걱정하고 힘들어한다. 하지만 아이들은 부모가 생각하는 것처럼 힘들어하거나 그것을 마음속에 담아두지 않는다. 더욱이 부모를 미워하거나 싫어하지도 않는다. 그 상황을 대수롭지 않게 생각하고 생각보다 쉽게 잊는 것 같다. 그러니 아이에게 화낸 것에 대해 너무 괴로워하지 말자! 부모이기 이전에 나도 사람이니 화를 내는 것은 당연한 일이다.

우리는 서로 그렇게 말없이 1시간 이상 지났을 무렵 정적을 깬 것은 내가 아닌 태우였다.

"아빠! 우리 저녁은 뭐 먹을까? 고기 없어? 고기 먹고 싶은데?"

아들 마음을 어떻게 풀어줘야 할지 정말 고민스러웠는데... 이렇게 먼저 말을 걸어주니 도저히 안 예뻐할 수가 없다.

"그래! 오늘은 치킨 먹자! 아빠가 쏜다!"

"오예~ 치킨!"

^^ 거기서 우리는 같이 크게 웃었다.

세상 모든 부모들이여! 아이들 혼내는 것에 절대 기죽고 괴로워하지 말자! 부모도 힘들면 힘들다고 자신의 감정을 솔직하게 아이에게 얘기하는 것도 좋은 방법이다. 지금 이 순간에도 육아 스트레스를 받으며 아이를 키우고 있는 세상 모든 엄마, 아빠 화이팅!

'여러분들 모두 행복하세요!'

아홉살 태우의 여행일기

태우가 여행 중 직접 작성한 '여행일기'입니다.

가감 없이 순도 100% 그대로 옮겼습니다.
맞춤법이 틀릴 수 있으니 너그럽게 봐 주세요!

아홉살 태우의 여행일기

태우가 이번 여행 기간 동안에 성취한 일

1. 재미있게 여행하고 행복감 느끼기

2. 구구단 1~9단 완벽히 외우기 (순창, 역창, 분산창)

3. 운동화 끈 스스로 묶기

4. 매일 여행일기 쓰기

5. 정해진 문제집 밀리지 않고 매일 풀기 (문제집 4종)

6. 용돈 관리하기

7. 독도 명예 주민증 발급

8. 주도 배우기

9. 여행지 관련되어 가져간 책 모두 읽기 (여행 전 읽은 책도 포함)

- why 나라의 시작
- why 삼국의 경쟁
- why 우리땅 독도
- why 전쟁
- 용선생 만화한국사8 조선시대2 위기에 빠진 이순신을 도와라
- 안녕 나는 경주야
- 김유신 화랑정신으로 삼국을 통일하다
- 이순신, 빈틈없이 준비하라
- 단군왕검 나라를 세우다
- 한강을 품은 백제
- 태종 무열왕의 꿈 통일신라
- 이순신 바다에 우뚝서다
- 금빛 문화를 꽃피운 신라
- 지도로 읽는 우리역사
- 미리보는 우리나라 박물관
- 공주, 부여로 보는 백제
- 조선왕조실록2 어린단종과 수양대군

1일차

날짜: 8월1일

장소: 강원도 영월군

경로: 청령포 → 고씨동굴 → 한반도지형마을

어린 단종 유배지인 영월군의 청령포에 배를 타고 강을 건너서 갔다. 청령포에서 단종이 혼자 있었다는 걸 보고 알게 되어 슬프고 외로웠을 것 같다는 생각이 들었다.
내가 만약 유배되었다면 부모님이 엄청 많이 보고 싶었을 것이다.

[내 또래에 홀로 유배된 단종을 생각하니 어린 단종이 불쌍하네요!]

고씨동굴은 생각보다 많이 좁고 축축했다. 고씨동굴에 작은 새우와 도롱뇽, 박쥐가 살았다고 한다. 박쥐와 도롱뇽은 없어졌을지 몰라도 새우는 있었다. 몸이 되게 깨끗했다. 사람들이 동전을 물에 던져서 물이 오염되고 있다고 했다. 물이 빨리 깨끗해 졌으면 좋겠다.

[동굴엔 박쥐가 많겠지? 진짜 살아있는 박쥐 보고 싶다.]

한반도 지형마을은 진짜 한반도처럼 생겼다. 한반도와 비슷해서 처음엔 진짜 한반도인 줄 알았다. 그렇게 작은 한반도는 없을 것 같다.

오늘은 내 사촌 태윤이와 함께해서 더 재미있었다.

[영월 근처 충주에 사는 동갑내기 사촌 태윤아! 늘 지금처럼 친하게 지내자!]

가장 인상깊었던 것: 고씨동굴의 석주가 신기했다.

관련되어 읽은 책: 어린단종과수양대군

맛있게 먹은 음식: 맛집 탐방 (고씨 동굴 바로 앞 칼국수)

2~3일차

날짜: 8월2~3일

장소: 경상북도 경주시

경로: 나정고운 모래해변 → 문무대왕릉

나정고운 모래해변에서 물놀이를 하고 놀았다. 아빠와 함께여서 더 재미있었던 것 같다. 다음에는 엄마와 태린이도 같이 왔으면 좋겠다. 다음에는 더 재미있게 놀 것이다. 그러면 온김에 나정고운 모래해변을 소개 시켜 줄 것이다. 엄마가 없어서 조금 보고 싶지만 아빠와 노는 것도 재미있다.

[여행 2일차… 엄마! 보고싶어! 그리고 사랑해!]

문무대왕릉에서 바닷물에 발도 담그고 예쁜 돌로 '엄마사랑해', '태린사랑해'라는 글씨를 만들었다. 문무대왕릉에서 문무대왕릉이랑 사진도 찍었다. 오늘도 재미있는 하루였다. 문무대왕릉은 바다의 용이 되어서 끝까지 신라를 지켜주겠다고 바다에 묻어 달라고 했다.

[죽어서도 신라를 지키겠다는 문무대왕, 바다의 용]

가장 인상깊었던 것: 문무대왕릉에 갔었던 일

관련되어 읽은 책: '화랑정신으로 삼국을 통일하다'

맛있게 먹은 음식: 캠핑-돼지고기 바비큐, 라면, 치킨

4일차

날짜: 8월 4일
장소: 경상북도 경주시
경로: 나정고운 모래해변 → 황룡사 역사문화관 → 전통시장

나정고운 모래해변에서는 오늘이 마지막이었다. 그래서 마지막으로 물놀이를 했다. 마지막이라 더 재미있었다.

[아빠랑 둘이 놀아도 재미있네! 아빠야! 우리 자주 놀자!]

나정고운 모래해변에 인사를하고 신라 유스호스텔로 왔다. 여기에서 이번주 일요일까지 있을 것이다. 신라유스호스텔에서 재미있는 일이 많았으면 좋겠다

황룡사역사문화관에서 황룡사구층목탑도 봤다. 지금 우리가 본 황룡사구층목탑은 원래 황룡사구층목탑의 10분의1밖에 안된다고 한다.

전통시장에서는 맛있는 음식과 빵을 먹었다.

[황룡사 구층 목탑을 보고 숙소로 돌아와 신나서 그린 그림]

가장 인상깊었던 것: 황룡사 구층 목탑을 본 것

아쉬웠던 점: 진짜 황룡사 구층목탑은 불에 타 버려서 모형밖에 못 본 것

오늘의 행운: 지나가다 우연히 황룡사 구층목탑을 보게 되어 들어간 것

5일차

날짜: 8월 5일
장소: 경상북도 경주시
경로: 첨성대 → 계림,향교,최부자집,교촌마을,월정교(비단벌레차) → 대릉원 (천마총,미추왕릉) → 김유신장군묘 → 포석정 →황룡사 역사문화관 → 동궁과월지

오늘은 정말 많은 곳을 갔다. 처음에 첨성대에 가서 첨성대를 봤다. 선덕여왕 때 신라에서 별을 관찰하는 곳이 첨성대이다. 첨성대는 높이가 무려 9M가 넘었다.

[여행 전 가장 가보고 싶었던 곳! 우리나라에서 별을 보던 최초의 장소 '첨성대']

[누구의 무덤인지는 몰라요! 천마도가 그려져서 천마총이라고 한답니다.]

[조명도 어둡고 무덤속이라 좀 으스스하고 긴장됩니다.]

[대릉원은 정말 크고 넓어요!]

비단벌레 전기차를 타고 최부잣집, 오릉, 계림, 석빙고 등을 봤다. 비단벌레 전기차가 재미있었다. 전기차에서 내려 천마총과 미추왕릉에도 갔다 왔다.

재미있었다. 그 다음에는 김유신 장군묘에 갔다. 김유신 장군묘는 김수로왕 무덤보다 더 크다고 한다. 김유신 장군묘 다음에는 포석정에 다녀왔다. 포석정에서 후백제의 견훤에게 공격을 받아서 신라의 경애왕이 죽었다고 한다.

[왕족들이 여기에서 주령구를 가지고 게임을 하며 놀았다는 사실이 신기해요!]

어제 저녁이라 문이 닫아서 황룡사 역사문화관에 오늘 오후에 다시 들어가봤다. 황룡사역사문화관에서 망새도 보고 황룡사 설계도도 봤다. 망새는 엄청 컸다. 포토존에서 사진도 3장이나 찍었다.

[황룡사9층목탑 위에서 바라본 신라 서라벌 풍경 : 포토존 합성사진]

가장 인상깊었던 것: 세계 최초의 천문 관측소인 첨성대를 본 것

힘들었던 점: 날씨가 너무 더워서 걷기가 힘들었다.

가장 기쁜 일: 김해 김씨 제12대손 조상이신 김유신 장군묘에 갔던 일

오늘의 행운: 너무 더워 힘들었는데 지나가다가 비단벌레차를 보고 타게 된 것

새롭게 알게 된 사실: 왕과 신하들이 주령구를 가지고 놀았다는 사실

관련되어 읽은 책: 안녕 나는 경주야

맛있게 먹은 음식: 양념 돼지고기

6일차

날짜: 8월 6일
장소: 경상북도 경주시
경로: 석굴암 → 불국사 → 사우나 → 황리단길

석굴암에는 부처님이 앉아계신 불상도 있고 부처님을 지키는 돌상도 6개나있었다. 부처님의 이마에는 다이아몬드가 박혀 있다. 햇빛이 비추면 다이아몬드 아래에서 레이저가 나오는 것처럼 햇빛과 일치하고 멋있다고 한다. 석굴암은 신기했다.

[다보탑과 석가탑은 부처님의 이름을 딴 무덤이랍니다.]

[안녕! 불국사야! 넌 이번 여행에서 가장 기억에 남는 소중한 곳이야!]

불국사에는 많은 불상들이 있다. 불국사에서는 황금 멧돼지랑 다보탑, 석가탑도 봤다. 다보탑에는 '다보'라는 부처님의 무덤이고, 석가탑은 '석가' 라는 부처님의 무덤이라고 했다. 불국사에는 2개의 계단이 있는데 하나는 죽음으로 가는 계단이고 하나는 부처님 세계 극락으로 가는 계단이다.
황리단길에는 맛있는것과 재미있는 것들이 많아서 좋았다.

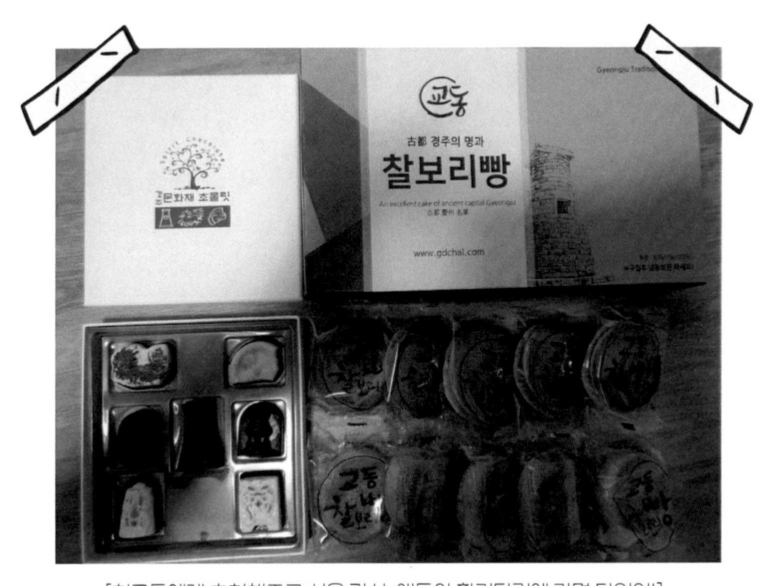

[친구들에게 추천해주고 싶은 간식: 얘들아 황리단길에 가면 다있어!]

가장 인상깊은 일: 다보탑과 석가탑을 본 것
새롭게 알게된 사실: 다보탑과 석가탑의 이름이 부처님의 이름이라는 것
힘들었던 일: 더운데 비까지 와서 우비를 입으니 더 더웠던 일
맛있게 먹은 음식: 치킨, 경주 문화초콜릿, 경주빵, 떡갈비

7일차

날짜: 8월 7
장소: 경상북도 경주시
경로: 경주세계문화엑스포

엑스포 안에는 경주 타워가 있다. 경주타워는 2층까지 밖에 없다. 그런데 2층이 82M나 된다. 그래서 2층에서 스카이 워크도 했다. 경주타워가 높아서 더 흥미진진했다. 경주타워가 높았는데 안 무서웠던 이유는 스카이워크 길이가 짧아서 그런 것 같다. 경주타워는 유명한 재일교포 디자이너가 건축했다고 한다. 멋지다.

[구멍이 뚫린 정말 멋진 경주타워! 2층까지 밖에 없지만 높이는 무려 82M!]

자연사 박물관에 갔는데 자석에 붙는 바위가 있었다. 정말 신기했다. 자연사 박물관에는 나무인데 돌인 것도 있었다. 화산폭발로 용암이 흘러 나무에 묻어서 돌이 되었다고 한다. 만져보니 딱딱하고 느낌도 돌 느낌이 났다. 자연사박물관에 아르켈론이 있었는데 아르켈

론은 바다거북의 10배는 되는 것 같이 컸다.

그리고 공연도 봤는데 재미있었다.

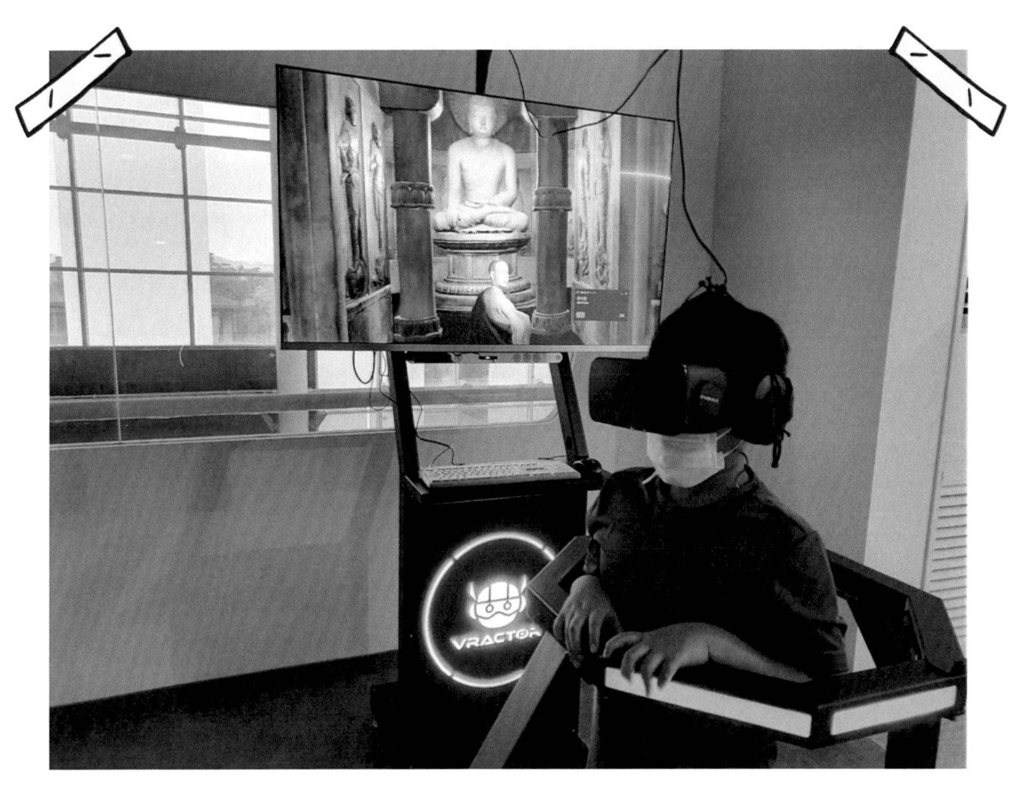

[석굴암 내부는 실제 못 들어가는데 VR로 들어가서 체험해보니 신기해요]

가장 인상깊었던 것: 처음으로 VR체험을 해본것

친구에게 추천해주고 싶은 것: 인피니티 플라잉 공연

관련되어 읽은 책: 금빛 문화를 꽃피운 신라

맛있게 먹은 음식: 햄버거

8일차

날짜: 8월 8일
장소: 경상북도 경주시
경로: 경주국립박물관 → 온천 → 후포여객선터미널

오늘은 비가 많이 왔다. 그래서 박물관에 갔다. 경주의 마지막 여행 코스였다. 박물관에 가서 전시 되어있는 것들을 봤다. 전시물 중에서 보석 같은게 많았다. 그 중에서 금관이 제일 많았고 멋있었다.

[그 옛날 신라 사람들이 직접만든신기한 보물, 보석들 정말 대단해요!]

석가탑, 다보탑도 봤고 선덕 대왕 신종도 봤다. 선덕 대왕 신종은 에밀레종 이라고도 했다. 왜냐면 종소리를 잘 들리게 하려고 아이를 종안에 넣었는데 아이가 엄마를 부르는 소리와 비슷해서 에밀레 종 이라고 한다. 그 말이 정말이라면 좀 무서운 이야기 같다. 박물관에서 말이 입는 갑옷도 봤다. 말 갑옷은 크고 멋있었다.

[맑은 종소리를 위해 아이를 산채로 종 아래에 묻었다는 무서운 전설이 있어요!]

가장 인상깊었던 일: 돌사자 4마리가 모두 제대로 있는 다보탑을 본 것

우리 문화재가 빨리 제자리로 돌아왔으면 좋겠다.

특별한 경험: 비가 많이 오는데 비를 맞으면서 노천탕에 들어간 것

맛있게 먹은 음식: 맛집탐방 (돼지+낙지 짬뽕)

9일차

날짜: 8월 9일

장소: 경상북도 울릉군 울릉도

경로: 죽도 → 투구봉 → 여러바위들(얼굴바위,사자바위,거북바위,곰바위,박쥐바위,코끼리바위) → 태하항목관광모노레일 → 학포마을 → 관음도 → 울릉천국 → 삼선암 → 예림원 → 나리분지 → 너와집,투막집

죽도를 봤는데 죽도가 부처님이 누워있는 모습과 비슷했다.

그 다음에는 관음도에 갔다. 관음도는 올라가 볼 수 있어서 올라가서 봤다.

전망대에서 죽도도 봤다. 죽도는 조금 작았다. 그런데 관음도는 죽도와 달랐다.

관음도는 죽도보다 더 크고 길었다.

곰바위도 봤는데 얼굴은 작고 만세를 하고 있다. 그리고 몸은 뚱뚱하다. 곰바위 옆에는 곰바위 터널이 있다.

[나중에 지리 교과서에도 나온다는 너와집이라는데…이런 데서 살 수 있을까?]

아홉살 태우의 여행일기

[관음도에서 바라본 죽도 "아빠 죽도는 무인도가 아니고 한 가족만 살고 있데!"]

[재미있는 삼선암의 전설! 지금도 풀이 자라지 않는 제일 작은 막내 바위]

가장 인상 깊은 일: 삼선암의 전설, 늦장을 부린 막내 바위는 지금도 풀이 자라지 않는다.

여행 교통수단: 배 -> 택시투어 -> 전동킥보드

처음 먹어본 음식: 칡소

10일차

날짜: 8월 10일
장소: 경상북도 울릉군 울릉도
경로: 현포 → 천부 → 관음도 해안도로 → 독도박물관 (케이블카)

독도박물관에서 언제부터 독도가 우리나라 땅인지 봤다. 독도에 사는 동식물도 봤다. 독도는 정말 여러가지 동물과 식물이 있다. 독도 주변에는 물고기도 많으니까 일본이 독도를 빼앗고 싶어 할 만하다. 독도는 한마디로 자연이라고 할 수 있다.
그리고 누가 머라해도 독도는 우리땅 이다.

[일본아! 세종실록지리지에도 이렇게 나와있는데 왜 자꾸만 우기는 거냐?]

[게스트하우스 이름도 '독도는 우리땅'이다. 독도 탐방을 위해 직접 만든 피켓]

가장 인상깊은 일: 해안도로를 전동 킥보드를 타고 달린 일

아쉬웠던 일: 독도 영상관에서 영상을 못 본 것 (코로나 때문에 임시 휴장)

교통수단: 버스, 킥보드

맛있게 먹은 음식: 오삼 불고기

11일차

날짜: 8월 11일
장소: 경상북도 울릉군 울릉도
경로: 봉래폭포 → 해수온천사우나

봉래폭포를 올라가는데 너무 힘들었다. 그런데 700m만 올라가면 됐다. 오르막길이어서 힘들었던 것 같다. 땀을 뻘뻘 흘리면서 가고 있는데 '풍혈'이란 곳이 나왔다. '풍혈'은 바위 구멍에서 시원한 바람이 나온다. 그 바람은 돌의 구멍에서 나온 시원한 자연 바람이다. 에어컨보다 더 시원했다.

봉래폭포에 갔는데 봉래폭포는 1단, 2단, 3단으로 이루어져 있었다. 그래서 그런지 봉래폭포는 괘 컸다.

[봉래폭포 가는 길에 만난 피톤치드 뿜뿜! 삼나무 숲길과 천연에어컨 풍혈]

가장 인상깊은 일: '풍혈'에 가서 시원한 자연바람을 쐰 것

아쉬웠던 일: 낚시를 못한 것

맛있게 먹은 음식: 따개비 칼국수, 피데기 오징어

12일차

날짜: 8월 12일
장소: 경상북도 울릉군 울릉도
경로: 거북바위 → 독도 → 울릉도 숙소

거북바위는 며칠전에 왔었는데 또 오게 됐다. 거북바위는 아빠의 5000배는 되는 것 같았다. 그만큼 엄청 크다. 거북바위를 이번에 다시 보니까 새롭게 보인다.

독도에 갔는데 입도를 시도해 봤지만 파도 때문에 입도는 못했다. 그래도 운 좋게 독도를 배 밖에서 봤다. 독도는 동도, 서도로 나누어져 있다. 동쪽이 동도이고 서쪽이 서도이다. 그 중에서 서도가 동도보다 더 크다. 독도는 일본이 자기네 땅이라고 우기고 있다. 우리나라가 힘을 키워서 독도를 지켜낼 것이다. 그리고 세종실록 지리지에 독도는 우리땅이라고 적혀 있다.

[거북바위에서 만난 아이언맨 슈트를 입은 스킨스쿠버 아저씨]

[반갑다, 독도야! 독도를 눈앞에서 직접 바라본 감격스러운 순간]

울릉군 독도명예주민증

성 명 : 김태우
국 적 : 대한민국
독도주민번호 : 201204-00063656
독 도 주 소 : 경상북도 울릉군 울릉읍
독도안용복길 3

2020. 08. 12.
울릉군수

[자랑스런 대한인 김태우! 이제는 '독도 명예주민' 입니다.]

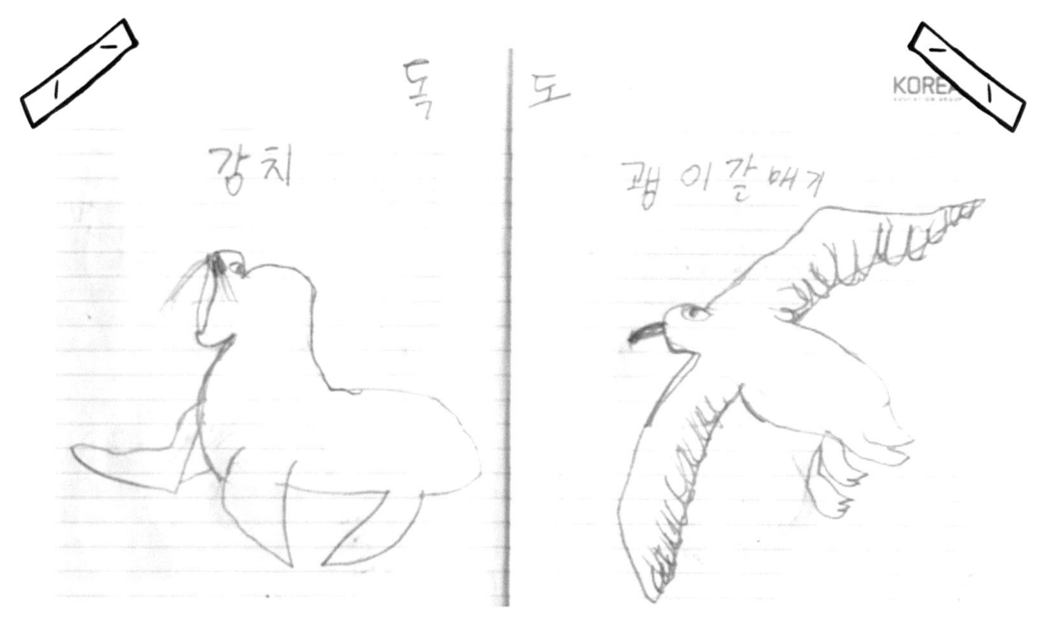

[그 많던 강치들...다 어디로 갔니? 독도에 강치가 다시 돌아왔으면 좋겠다!]

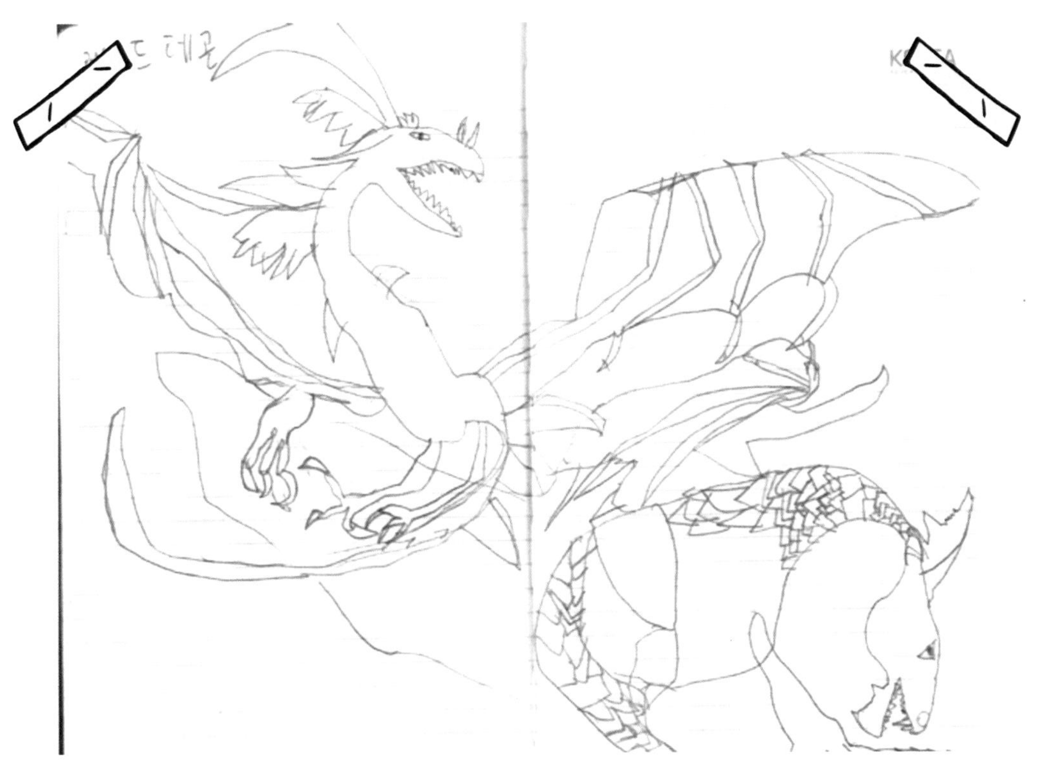

[신라장군 이사부가 불멸 최강 드레곤이 되어 영원히 독도를 지켜 줄 것이다.]

가장 인상깊었던 일: 독도를 직접 본 것

아쉬웠던 점: 독도에 입도를 못한 것

관련되어 읽은 책: why 우리땅 독도

맛있게 먹은 음식: 돼지갈비, 목살

13일차

날짜: 8월 13일
장소: 경상북도 울릉군 울릉도
경로: 도동(행남해안산책로) → 천부 (해중전망대,해수풀장) → 후포 여객선터미널

도동에 가서 낚시를 했다. 낚시를 하는데 물고기가 바늘에 안 걸렸다. 그래서 입질도 안하고 그냥 가는 줄 알았다. 시작한지 조금 지났는데 아빠가 물고기를 한마리 잡았다. 아빠가 엄마와 전화 통화를 하면서 한손으로 물고기를 잡았다. 아빠는 물고기를 정말 잘 잡는 것 같다. 전부 2마리를 잡았는데 모두 다시 풀어줬다.

[울릉도 자연산 우럭의 짜릿한 손맛!]

그 다음은 천부에 갔다. 천부에서 천부 해중 전망대에 갔다. 전망대에서 물고기 때를 봤다. 기분이 좋았다. 물고기가 여러가지 였다. 나는 오늘 처음으로 이렇게 많은 물고기를 본 것 같다. 해중 전망대 옆에 있는 물놀이장에서 물놀이를 했다. 바닷물을 가져와서 수영장을 만든 곳이다. 바닷물이라서 짰다. 그래도 재미있게 잘 놀았다.

[울릉도에서 마지막 날 즐긴 천부 해수 풀장! 물이 바닷물이라 짜요!]

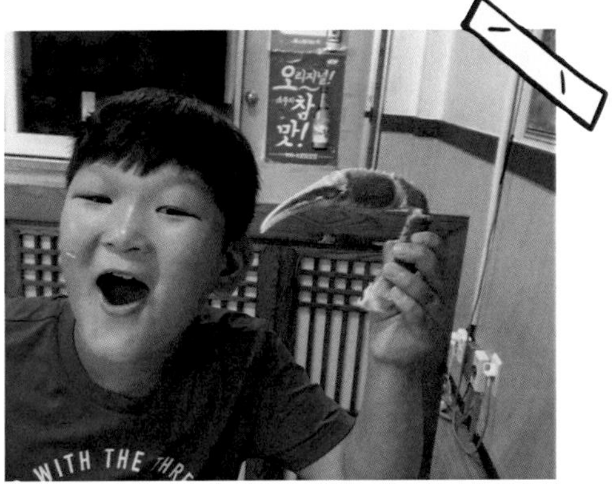

[정말 맛있어요! 최고! 울릉도 따개비 칼국수와 후포항 대게!]

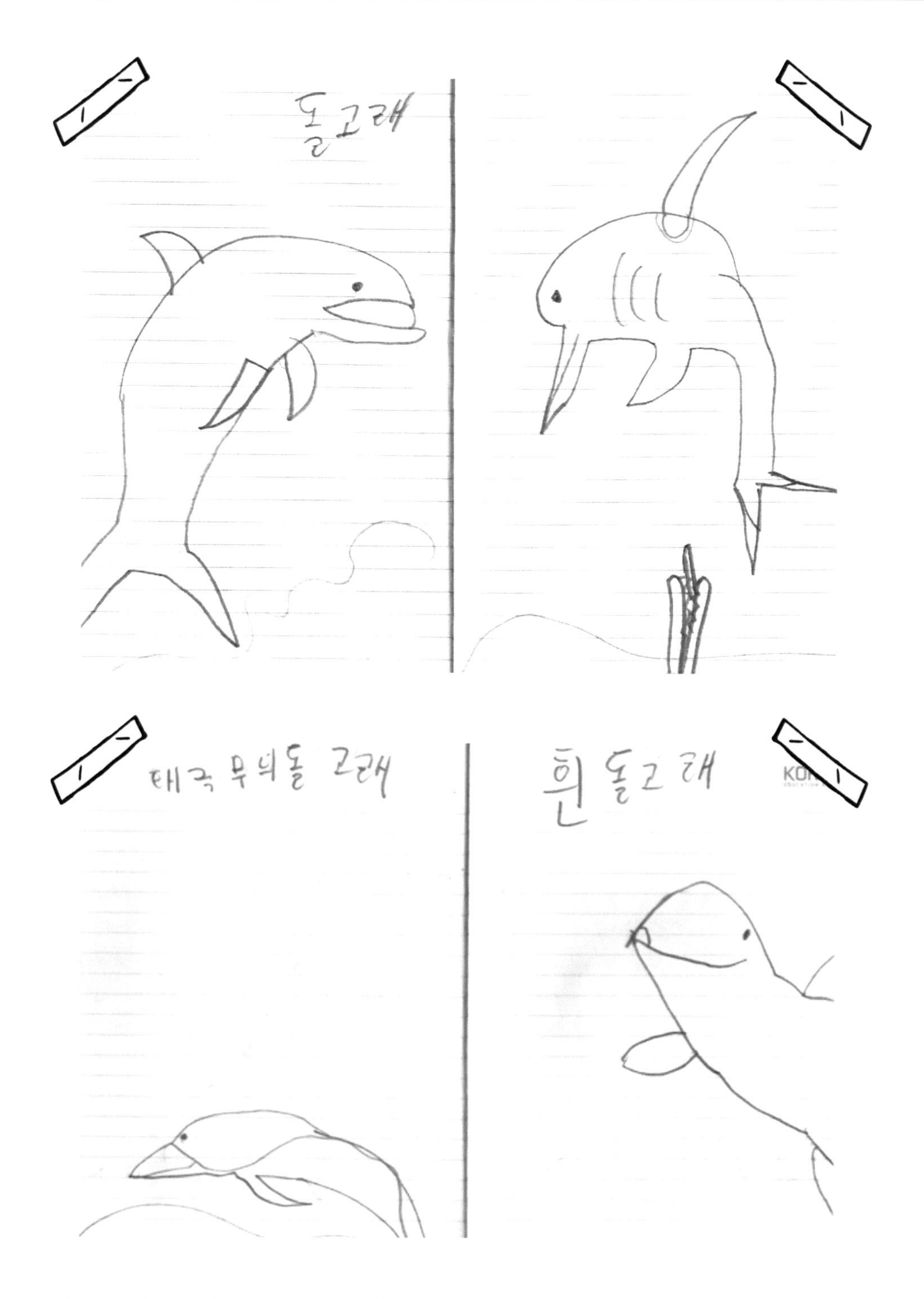
돌고래
태극무늬돌고래
흰돌고래

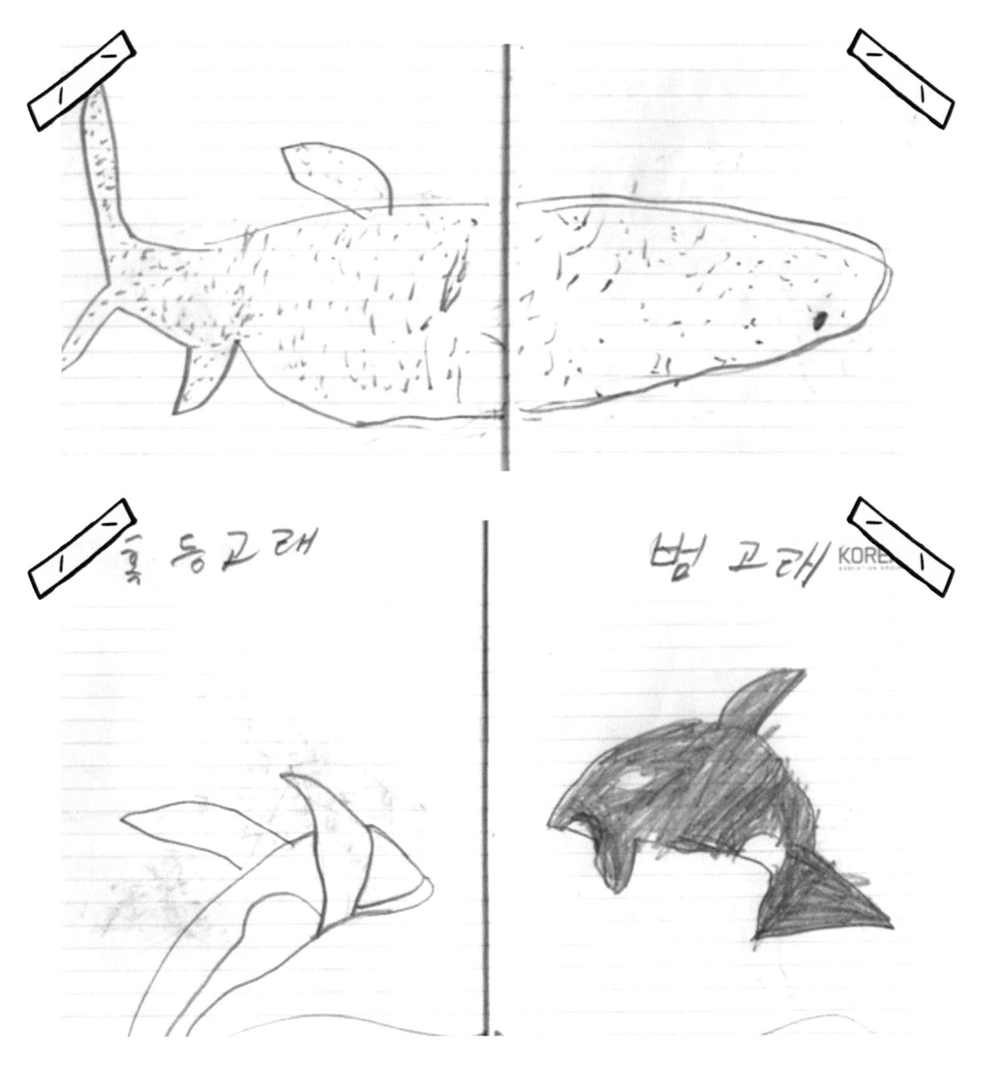

[4박5일간 재미있었던 울릉도와 독도를 생각하며 그린 돌고래&고래 그림들.]

인상 깊었던 일: 물고기 떼를 본 것

오늘의 행운: 물기기 2마리를 잡았던 것

맛있었던 음식: 따개비칼국수, 후포대게

14일차

날짜: 8월 14일

장소: 경상남도 통영시

경로: 후포여객터미널 → 공룡엑스포 → 통영오토캠핑장

[단단한 머리라면 나도 어디 가서 빠지지 않지!]

[따라올 테면 따라와봐!]

[아기 사마귀야! 너도 내가 좋구나! 우리 같이 여행 갈래?]

인상 깊었던 일: 아기 사마귀가 내 머리위로 날아 온 일

힘들었던 일: 공룡엑스포에서 너무 더웠던 것

15일차

날짜: 8월 15일
장소: 경상남도 통영시
경로: 삼도수군통제영 → 군선 → 한려수도 케이블카

삼도수군 통제영에서 학처럼 날개를 펼친 학익진 전술을 봤다. 진짜로 학이 날개를 펼친 것처럼 생겼다. 학익진을 한산도 대첩에서 썼다. 명량해전, 한산도대첩, 노량해전 모두 대승리였다.
군선에서 거북선을 봤다. 안에도 들어가봤다. 거북선에는 선장방, 장령방이 있었고 여러가지 대포들과 노 도 있었다. 노를 직접 저어봤다. 기분이 좋았다.
한려수도 케이블카를 타 봤는데 한산도 앞바다 전망이 좋았다.

[가슴이 뻥 뚫리는 한려수도 전망 맛집! 통영에오면 케이블카는 꼭 타보세요!]

[너무나 멋진 조선의 군선! 거북선! 용 머리에 거북이 모양이 꼭 현무를 닮았구나!]

가장 인상깊었던 일: 거북선 속에 직접 들어가 봤던 일

관련되어 읽은 책: 위기에 빠진 이순신을 도와라, 용선생 만화한국사, 빈틈없이 준비하라

맛있게 먹은 음식: 충무김밥(아무것도 안들어 있는 김밥. 오징어무침, 오뎅무침, 무김치와 함께 먹으면 맵고 맛있다)

16일차

날짜: 8월 16일
장소: 경상남도 고성군, 충청남도 서천군
경로: 고성공룡박물관 → 고성발자국 화석지 → 서천장항오토캠핑장

고성 공룡박물관에 가서 공룡들의 화석과 공룡 뼈를 보았다. 뼈가 신기했다. 공룡들이 100톤도 넘는 공룡이 있다고 한다. 그래서 발자국이 생기고 화석이 된 것 같다. 100톤이면 코끼리의 100배 정도는 될텐데… 그만큼 공룡이 컸다는 걸 알 수 있다. 브라키오사우르스는 시속 5~6Km로 달렸다고 한다. 그 정도로 브라키오사우스르가 크고 무거운 걸 알 수 있다.

공룡 발자국 화석지에 가서 공룡 발자국도 봤다. 공룡이 커서 그런지 발도 컸다. 발자국이 찍힐 만큼 한국에 살았던 공룡도 무거운 것 같다.

[이렇게 단단한 바위에 발자국이 찍히다니! 공룡이 정말 무겁긴 무거운가 보구나!]

[발굴된 공룡뼈로 실제 공룡처럼 붙여서 복원해 놓은 모습이 대단해요!]

가장 힘들었던 점: 더운데 공룡 발자국을 보러 많이 내려갔던 것

아쉬웠던 점: 공룡 발자국 화석지에 있는 동굴속에 못 들어가본 것 (낙석주의)

17일차

날짜: 8월 17일
장소: 충청남도 서천군, 전라북도 군산시
경로: 국립생태원 → 군산 짬뽕맛집 → 장항송림갯벌

국립 생태원에 있는 에코리움에 갔는데 열대관, 온대관, 사막관, 지중해관, 극지관으로 나누어져 있었다. 열대관에는 내가 좋아하는 뱀, 도마뱀, 개구리 같은 파충류와 양서류가 많았다. 물고기도 있었다. 열대관은 조금 마음에 들었다. 지중해관에는 식물들이 많았다. 그리고 개구리, 도롱뇽, 벌이 있었다. 온대관에는 나무, 청개구리, 물고기, 살모사, 수달 등이 있었다. 사막관에는 방울뱀, 사막여우, 선인장, 알로에, 도마뱀 등이 있었다. 사막관은 진짜로 사막처럼 더웠다. 극지관에는 곰, 말똥가리, 칡부엉, 담비, 수리부엉이, 북극곰이 있었다. 이것들은 다 가짜인데 펭귄은 진짜 펭귄이 쇼를 하는 것 같았다. 극지관은 극지관이라 그런지 추웠다. 북극, 남극 동물들이 살기 딱 좋은 것 같다. 아빠는 극지관이 시원해서 제일 좋다고 했다.

조개잡이 TIP – [진흙을 살살 긁다가 딱딱한 느낌이 오면 stop! 살살 긁어야 조개가 깨지지 않아요!]

[집에서 개구리, 뱀, 악어 키우고 싶은데… 무슨 방법이 없을까요?]

[군산(백제) 낙지짬뽕 VS 경주(신라) 돼지낙지짬뽕]

처음 알게된 사실: 노루와 고라니의 차이점 (고라니는 송곳니가 있고 노루는 송곳니가 없고 수컷 노루는 뿔이 있어요)

맛있게 먹은 음식: 맛집 탐방(군산의 왕산 반점 짬뽕 vs 경주의 돼지낙지짬뽕)

18~19일차

날짜: 8월 18~19일
장소: 충청남도 부여군
경로: 서천 → 백제문화단지 → 부여박물관 → 황포돛배(부소산,낙화암,고란사)

백제 문화단지에서 사미성에 가서 동궁과 중궁을 봤다. 능사에서 능사5층목탑도 봤다. 멋졌다. 사비성에서 활 쏘기 체험도 했는데 활 쏘는 것도 재미있었다. 옷입기 체험도 해 봤는데 백제 시대 옷이 멋졌다.

[백제 시대 세련되고 멋스러운 왕족 옷 VS 신라시대 단정하고 멋진 화랑 옷]

[뛰어라 태우야! 더 높게! 더 멀리! 맘껏 뛰어 올라라!]

[부여 국립 박물관에서 본 가장 인상 깊었던 칠지도와 금동대향로]

그리고 가짜였지만 칠지도도 봤다. 칠지도는 일곱개의 가시가 있는 장식용 칼이다. 그리고 칠지도는 망치로 100번 두드린 아주 멋진 칼이다. 그리고 금동대향로도 봤다. 금동대향로는 일반 향로의 2배나 된다. 그리고 학, 사슴, 거북 등 오래 사는 동물들이 그려져 있다. 악사들과 산도 5개씩 그려져 있다. 그리고 금동대향로는 2단이고 1단에는 용과 연꽃,

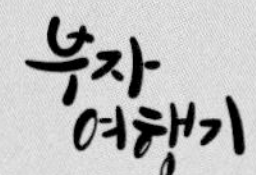

2단에는 산과 동물들, 악사들, 봉황이 있다. 금동대향로는 말 그대로 금으로 되어 있다. 그 기술들은 지금도 못 따라 갈 기술들이다.

인상깊었던 일: 금동 대향로를 본 것

처음 알게된 사실: 칠지도는 백제 왕이 일본왕에게 준 하사품이라 일본에 있는 것

아쉬웠던 점: 어린이 박물관에는 못들어 가본것

관련되어 읽은 책: 공주, 부여로 보는 백제

맛있게 먹은 음식: 메밀 막국수, 아빠표 양념목살 (맛은 돼지갈비 맛)

20일차

날짜: 8월 20일
장소: 충청남도 공주시
경로: 공산성 → 무령왕릉 → 국립공주박물관

백제의 2번째 도읍지를 막고있는 공산성에 가봤다. 힘들어서 서쪽만 가서 그런지 백호 깃발만 볼 수 있었다. 동서남북에 청룡,백호,주작,현무 깃발이 하나씩 있다고 했다. 그래서 백호 깃발과 사진을 찍었다. 활쏘기 체험도 했는데 어제보다 더 재미있었다. 10점 짜리를 맞춰서 기분이 좋았다.

[세계유산 공산성 백제의 견훤과 고려의 왕건의 격전지에서]

[아빠와 아이스크림 내기 활 쏘기 한판! 10점 과녁을 맞춰라!]

무령왕릉에 갔다. 무령왕릉은 누구의 왕릉인지 지석에 쓰여져 있는 왕릉이다. 백제에는 지석에 이름이 써져있는 왕이 하나밖에 없는데 그게 무령왕릉이다. 무령왕릉 앞에는 진묘수도 있다. 진묘수는 무령왕릉을 지키는 상상의 동물이다. 무령왕릉은 송산리 5호분과 송산리 6호분 배수로 공사를 하다가 발견이 되었다. 무령왕릉에는 왕과 왕비가 같이 묻혀 있어서 무령왕릉에서 유물들이 많이 나왔다.

[천마총은 진짜 무덤 속이었는데, 여기는 가짜를 진짜처럼 똑같이 만들어 놨다.]

[무령왕릉은 도둑이 몰라서 못 훔쳐갔데요! 그래서 많은 보물들이 발견되었어요!]

그 다음에는 공주 국립박물관에 갔다. 큰 진묘수가 우리를 맞아 주었다. 박물관에 무령왕릉에서 나온 유물이 가득 있었다. 토기, 칼, 불상들도 많았다. 모든게 멋있었다. 금동 신발도 있는데 금동신발은 되게 컸다. 금동신발이 발 뼈와 같이 발견되기도 하고 부셔져서 발견될 때도 있었다. 금동 신발은 아무나 신는 신발은 아닌 것 같았다. 크고 화려하고 멋졌다.

[진묘수는 두꺼비도 닮았고, 사자도 닮았어요! 서울의 마스코트 '해태'도 닮았네요]

[300mm도 넘어 보이는 백제의 대형 금동신발]

인상깊었던 일: 진묘수를 본 것

처음 알게된 사실: 무령왕릉이 배수로 공사를 하다가 발견된 것

관련되어 읽은 책: 한강을 품은 백제, why 삼국의 경쟁

맛있게 먹은 음식: 돌솥한정식

21~23일차

날짜: 8월 21~23일

장소: 강원도 강릉시, 충청남도 태안군

경로: 대관령솔냄음캠핑장 → 강릉사천해변 → 태안구례포해수욕장(석갱이 오토캠핑장)

대관령솔내음 오토캠핑장, 구례포 석갱이 오토캠핑장에서 맛있는 것도 많이 먹고 영화도 보고 물고기들도 봤다. 캠핑장에 계곡도 있는데 시간이 없어서 계곡에는 못갔다. 그래도 재미있었다.

사천해변도 갔는데 모래를 파고 성처럼 3단으로 막아서 모래를 판 곳에 물이 안들어가게 막아서 공산성 처럼 튼튼하게 만들었다. 그리고 바다에서 떠내려온 물고기도 한마리 잡았다. 손으로 잡아서 만져봤다. 물고기한테서 비린내가 났다.

구례포해수욕장에서는 불꽃놀이도 했다. 처음에는 손에서 터질까봐 무서웠는데 나중에는 안무섭고 재미있었다. 밤에 별도 많이 떠있어서 봤다.

사천해변과 구례포 해수욕장이 이번 여행의 마지막 여행지였다.

이번 여행만큼 재미있는 여행은 없었던 것 같다. 그래서 다음에 또 오고 싶다.

아빠! 우리 또 가자~

[오랜만에 온 가족이 함께 뭉치니 더욱 재미있네요]

아홉살 태우의
여행일기

가장 인상깊었던 일: 사천해변에서 물고기를 잡은일

맛있게 먹은 음식: 닭꼬치, 돼지고기, 떡볶이

태우의 여행 일기 (실제 작성본)

0일차

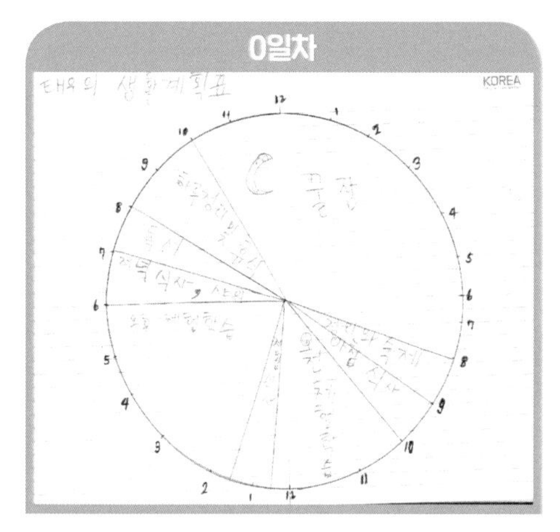

1일차

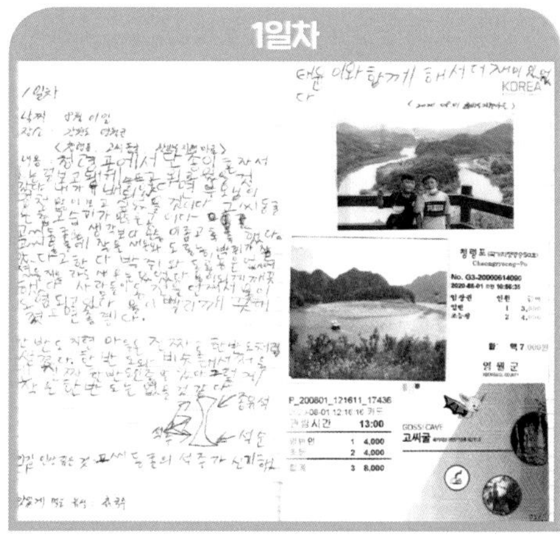

2~3일차

4일차

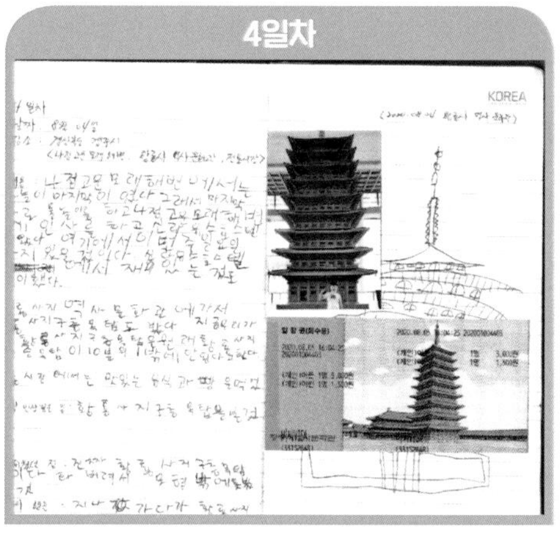

5일차

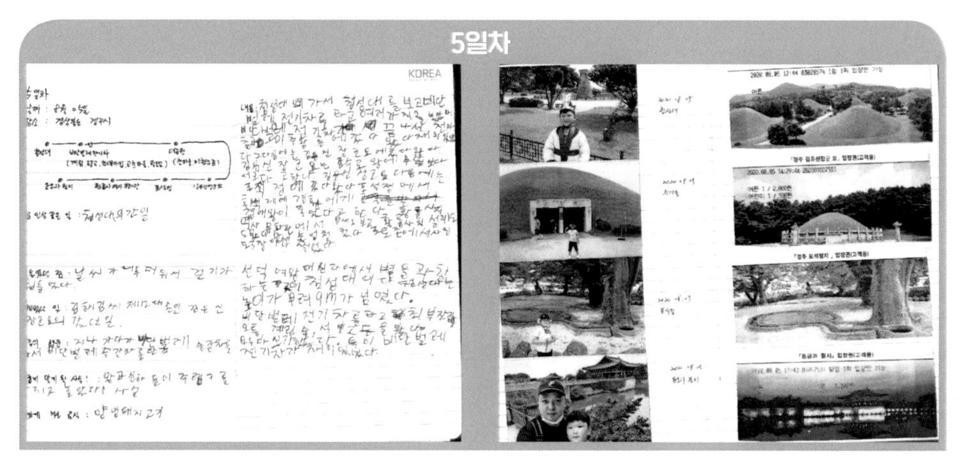

태우의 여행 일기 (실제 작성본)

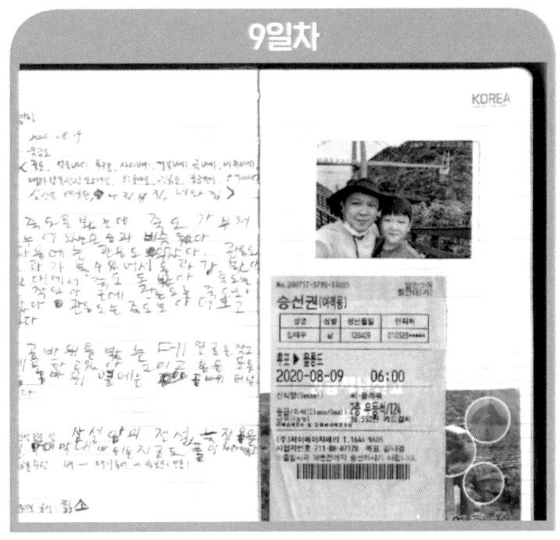

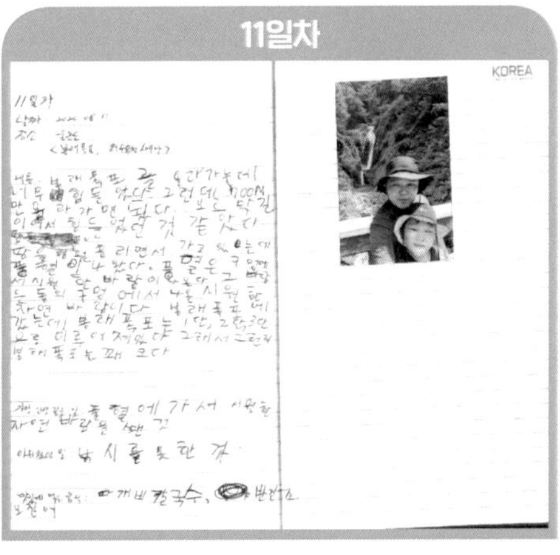

태우의 여행 일기 (실제 작성본)

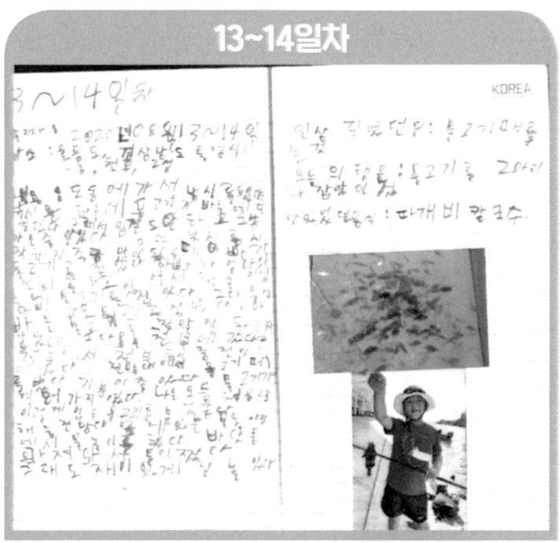

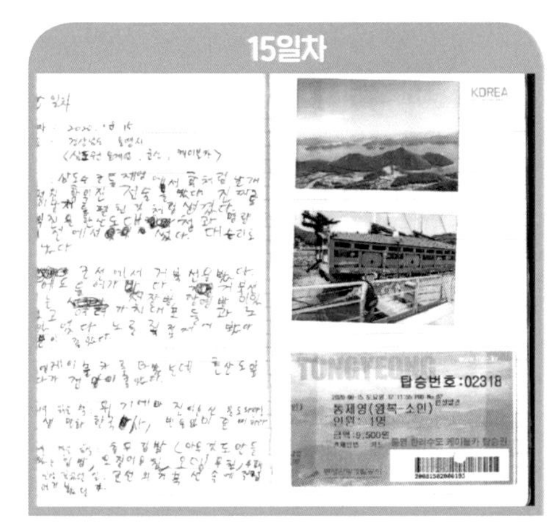

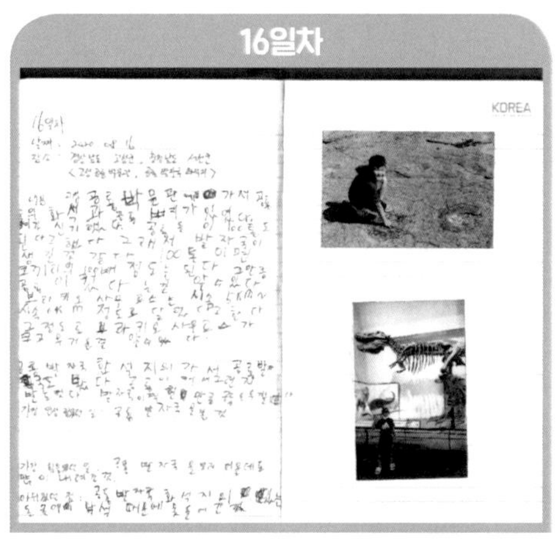

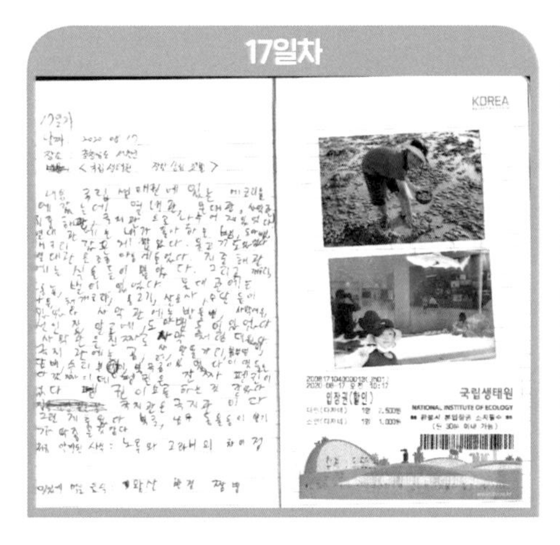

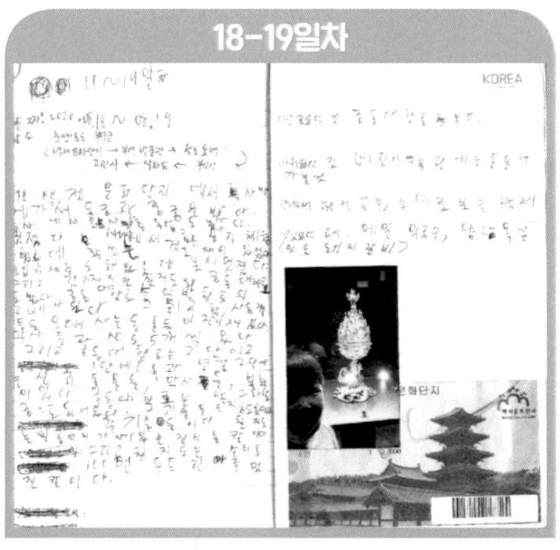

태우의 여행 일기 (실제 작성본)

20일차

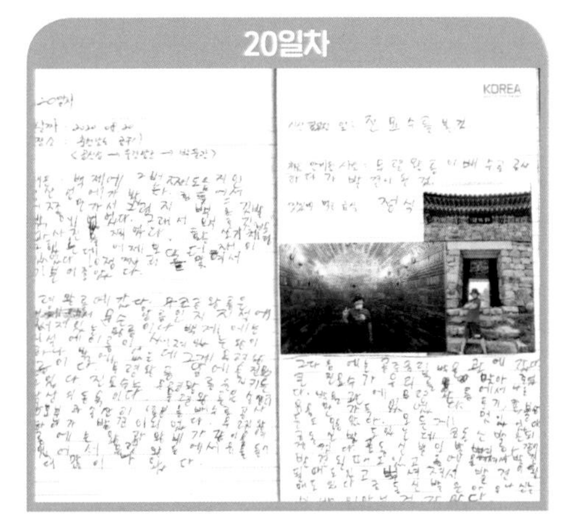

21일차

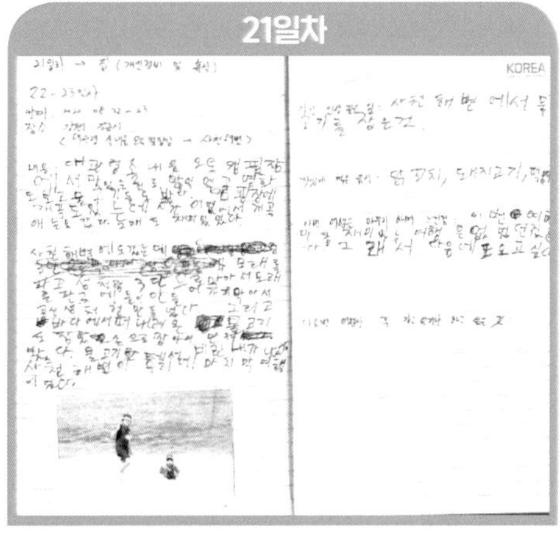

내 멋대로 그린 그림 1

내 멋대로 그린 그림 2

내 멋대로 그린 그림 3

내 멋대로 그린 그림 4

끝까지 읽어 주셔서 고맙습니다.

태우 일기 끝

부자 여행기

발 행 | 2021년 02월 01일
저 자 | 김경진, 김태우
디자인 | 디자인 리바운드
펴낸이 | 한건희
펴낸곳 | 주식회사 부크크
출판등록 | 2014.07.15.(제2014-16호)
주 소 | 서울시 금천구 가산디지털1로 119, SK트윈타워 A동 305호
전 화 | 1670 - 8316
이메일 | info@bookk.co.kr

ISBN | 979-11-372-3515-1

www.bookk.co.kr